変な絵
imagens
estranhas

変な絵

# imagens estranhas
## uketsu

雨穴

TRADUÇÃO DO JAPONÊS
Maria Luísa Vanik

*3ª reimpressão*

Copyright © 2022 by Uketsu
Todos os direitos reservados.
Edição original em japonês publicada em 2022 por Futabasha Publishers Ltd., Tóquio.
Tradução para o português brasileiro publicada mediante acordo com Futabasha Publishers Ltd.
através da Emily Books Agency Ltd., Taiwan, e da Casanovas & Lynch Literary Agency, Espanha.

*Grafia atualizada segundo o Acordo Ortográfico da Língua Portuguesa de 1990,
que entrou em vigor no Brasil em 2009.*

*Título original*
変な絵

*Capa*
Ale Kalko
Amanda Miranda

*Ilustração de capa*
Amanda Miranda

*Preparação*
Gabriel Joppert

*Revisão*
Huendel Viana
Natália Mori

Dados Internacionais de Catalogação na Publicação (CIP)
(Câmara Brasileira do Livro, SP, Brasil)

Uketsu
     Imagens estranhas / Uketsu ; tradução Maria Luísa
Vanik. — 1ª ed. — Rio de Janeiro : Suma, 2025.

     Título original : 変な絵.
     ISBN 978-85-5651-254-3

     1. Ficção japonesa I. Título.

25-247633                 CDD-895.63

Índice para catálogo sistemático:
1. Ficção : Literatura japonesa    895.63

Cibele Maria Dias – Bibliotecária – CRB-8/9427

Todos os direitos desta edição reservados à
EDITORA SCHWARCZ S.A.
Praça Floriano, 19, sala 3001 — Cinelândia
20031-050 — Rio de Janeiro — RJ
Telefone: (21) 3993-7510
www.companhiadasletras.com.br
www.blogdacompanhia.com.br
facebook.com/editorasuma
instagram.com/editorasuma
x.com/editorasuma

変な絵

# imagens
# estranhas

— Vamos lá, então. Agora vou mostrar um desenho para vocês.

No quadro-negro da sala de aula da universidade estava afixado um desenho.

Era para ele que a psicóloga Tomiko Hagio apontava ao falar.

— Hoje tenho o privilégio de estar dando esta aula para vocês, mas já trabalhei com aconselhamento psicológico e atendi muita gente. Esta é uma cópia do desenho feito por uma menina que acompanhei pouco depois de me tornar orientadora. Vou chamá-la de "Pequena A". Aos onze anos, a Pequena A matou a própria mãe e ficou sob custódia policial.

A informação de que a criança havia matado a própria mãe gerou comoção e choque entre os estudantes.

— Quando fui chamada para fazer uma análise psicológica da menina, decidi aplicar o "teste do desenho", no qual pedimos ao paciente que desenhe algo e, a partir do resultado, interpretamos seu estado mental. É como dizem: "Os desenhos são um espelho das emoções"; a face interna de quem os criou acaba transparecendo neles. Isso é ainda mais evidente em representações de pessoas, árvores e casas. Bem, ao olhar para este desenho, vocês têm a sensação de que algo está errado?

Hagio correu os olhos pela sala. Os alunos observavam a imagem no quadro com expressões incertas.

— Não perceberam? Olhando assim de relance, pode mesmo parecer um desenho comum e bonitinho. Mas é possível encontrar aqui e ali alguns elementos bem esquisitos. Em primeiro lugar, prestem atenção na menina ao centro, na sua boca.

"Está borrada e meio suja. A Pequena A não conseguiu desenhá-la direito; ela apagou e traçou a linha várias vezes. As outras partes do desenho estão limpas, feitas com um traço único. Por que será que ela errou tantas vezes apenas na hora de fazer a boca? Partindo daí, é possível interpretar seu estado mental.

"A Pequena A sofria maus-tratos da mãe. Por causa disso, no ambiente doméstico, estava sempre tentando agradá-la, sorrindo a contragosto para evitar que

se irritasse. Em seu coração, a menina sentia medo, mas no rosto havia sempre um sorriso falso. 'Vou apanhar se não sorrir direito', ela pensava. Lembrando-se desse sentimento, ficou nervosa e teve dificuldade ao desenhar, sua mão tremia. Essa aflição também se reflete na casa que aparece ao lado.

"A casa não tem porta. Sem porta não é possível entrar, certo? A casa é como o coração da menina. 'Não quero que ninguém entre aqui' ou 'quero ficar trancada sozinha'. Isso nos dá margem para inferir desejos de fuga desse tipo. Por fim, prestem atenção na árvore.

"As pontas dos galhos são afiadas como espinhos, percebem? Galhos como esses são comuns em desenhos de criminosos. Podemos dizer que demonstram uma intenção agressiva, hostil, como se dissessem 'vou te machucar', 'vou te furar'. Levando tudo isso em conta, o psicólogo precisa fazer um diagnóstico apropriado do paciente."

Hagio falava devagar, examinando os olhares dos estudantes.

— Eu concluí que a Pequena A tinha uma boa perspectiva de reabilitação. Vocês conseguem compreender o porquê? Olhem de novo para a árvore. Desta vez, concentrem-se no tronco. Tem um pássaro morando ali, certo? Esse tipo de desenho expressa um desejo de proteção, uma tendência

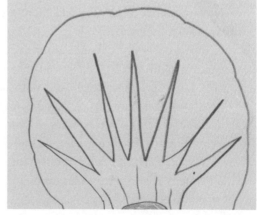

a fortes sentimentos maternais. "Quero proteger seres mais fracos do que eu" ou "quero acolhê-los num lugar seguro". Foi isso que a garota demonstrou. Digamos que, no fundo de um coração hostil e agressivo, a Pequena A escondia sentimentos muito ternos. Em contato com animais ou crianças menores, ela poderia desenvolver seu lado afetuoso, aplacar os sentimentos de hostilidade. Foi isso que pensei na época, e ainda tenho confiança no meu diagnóstico. Mais tarde soube que a Pequena A se tornou mãe e hoje vive feliz.

# SUMÁRIO

1. O desenho da mulher ao vento...................................................... 15

2. O desenho do quarto encoberto de névoa.............................. 49

3. O desenho final do professor de artes....................................... 87

4. O desenho da árvore que protege o pàssarinho ..................... 141

# 1

## O DESENHO DA MULHER AO VENTO

SHŪHEI SASAKI
19 de maio de 2014

Já era tarde da noite, mas havia uma lâmpada acesa no quarto de um apartamento velho na tradicional cidade baixa de Tóquio.

O quarto era de Shūhei Sasaki, um universitário de vinte e um anos. Normalmente ele estaria estudando para o processo seletivo de alguma empresa, ou tentando editar seu currículo, mas, em vez disso, apenas encarava a tela do computador.

— Então esse é o blog que Kurihara mencionou... — comentou em voz alta.

Kurihara era um colega mais novo que também fazia parte do Clube de Ocultismo. Naquela tarde, os dois haviam se encontrado por acaso no refeitório da universidade e almoçado juntos. Como andava ocupado procurando um emprego, Sasaki raramente aparecia no clube, e sentiu um pouco de saudade ao conversar com o amigo após tanto tempo.

Depois de se atualizarem quanto às novidades de cada um e falarem sobre os planos de um retiro do clube, a conversa fluíra para o interesse comum: o ocultismo.

— Sasaki, você tem feito alguma coleta de informações ultimamente? — perguntou Kurihara, afável. A coleta de informações a que se referia era a pesquisa e leitura de obras relacionadas ao insólito.

— Não, não tenho tido tempo pra nada. Não consigo ver filmes, ler e nem mesmo olhar coisas na internet.

— Então vou te dar uma dica. Eu achei um blog estranho esses dias.

— Um blog? Estranho como?

— O nome é "Shin Okekonta: Diário da Mente". Quando você bate o olho, parece um blog normal, mas tem algo de perturbador... Vi muita coisa estranha lá. Dá uma espiada quando puder, te garanto que é assustador.

Até onde Sasaki sabia, Kurihara era um cara bem tranquilo. Não era de se intrometer no que não lhe dizia respeito e também não se impressionava fácil. Ouvindo ele dizer aquelas coisas com tanta seriedade e entusiasmo, Sasaki sentiu que devia mesmo se tratar de algo especial.

Era meia-noite. O tique-taque do relógio ecoava pelo quarto. Sasaki engoliu em seco e abriu a página que Kurihara havia indicado.

Mais do que pavor, Sasaki sentiu despertar em si certa nostalgia. Antigamente havia inúmeros sites como aquele na internet.

Um blog é uma plataforma em que qualquer pessoa pode se expressar facilmente com fotos e textos. Cada um decide o que quer escrever. Fazer um diário, abordar um hobby, anunciar insatisfações políticas, vale tudo. Essa liberdade popularizou o formato e, até pouco tempo, meio mundo tinha uma página assim. Mas, nos últimos anos, a febre passou e aquele entusiasmo inicial também.

Pelo nome do blog, o autor se refere a si mesmo como Shin Okekonta. Esse "Okekonta" como sobrenome parece ser uma brincadeira com "o que conta de novo?". Talvez esse "Diário da Mente" fosse um espaço para elaborar o que se passava em sua cabeça.

Embaixo do título aparecia o post mais recente, publicado em 28 de novembro de 2012. Quase um ano e meio antes. Depois disso, ele não publicou mais nada.

O conteúdo era o seguinte:

**Para a pessoa que mais amo** — 28/11/2012

A partir de hoje vou parar de postar aqui.

O motivo é que me dei conta do segredo daqueles três desenhos.

Não posso compreender a dimensão do sofrimento que você carregou.

Não sei a extensão do crime que você cometeu.

Não posso te perdoar. Mesmo assim, vou continuar te amando.

Shin

Sasaki releu a mensagem curta e perturbadora várias vezes. Quanto mais lia, mais profundo lhe parecia o mistério. "Pessoa que mais amo", "o segredo daqueles três desenhos", "o crime que você cometeu"... Não conseguia compreender o significado daquelas palavras.

Para tentar desvendar o enigma, Sasaki começou a ler os registros mais antigos. A primeira postagem era de 13 de outubro de 2008.

**Muito prazer** — 13/10/2008

Hoje decidi criar um blog. Vou começar me apresentando. Meu nome é Shin.

Eu queria postar uma foto do meu rosto, mas como me disseram que é perigoso compartilhar informações pessoais na internet, vou colocar um retrato meu desenhado.

Quem fez foi a minha esposa. Ela se chama Yuki e tem seis anos a mais que eu, às vezes sinto que ela cuida de mim meio que como uma irmã mais velha.

Quando contei que ia criar esta página, pedi que me desenhasse e em menos de cinco minutos estava pronto. Só podia ser uma ex-ilustradora mesmo. A Yuki é incrível!

Mas será que ela não me fez bonitão demais?

Enfim, pensei em registrar nosso cotidiano imprevisível em forma de diário.

Pretendo publicar algo novo todo dia, então me acompanhem se puderem!

Shin

**Aniversário de casamento** — 15/10/2008

Olá, aqui é o Shin!

Eu disse que ia publicar todo dia, mas ontem estava muito cansado; acabei indo dormir sem escrever nada. Peço desculpas. Vou me esforçar mais a partir de agora!

Bom, hoje, 15 de outubro, é um dia muito especial.

A Yuki e eu estamos completando nosso primeiro ano de casamento!

Comprei um bolo inteiro para comemorar. Foi um pouco caro, mas era de primeira!

Estava tão gostoso que eu comi duas fatias. A Yuki ficou brava: "Você tá comendo demais, vai acabar engordando, hein!". T_T

Sobraram quatro fatias, guardamos na geladeira para amanhã. Não vejo a hora de comer!

Shin

Os posts costumavam ser publicados de quatro a cinco vezes por semana. Quase tudo eram banalidades do tipo "comi tal coisa", "fui passear em tal lugar" etc. Nada que parecesse relacionado ao "sofrimento" ou ao "crime" mencionados naquela postagem final.

Mas houve uma mudança na vida do casal.

### Um anúncio — 25/12/2008

Olá, aqui é o Shin!

A Yuki acordou se sentindo mal hoje, por isso foi ao hospital pela manhã. Lá ela acabou descobrindo que temos um bebê a caminho!

Quando ela me contou eu fiquei tão feliz, mas tão feliz, que até pulei de alegria!

Esse é o melhor presente de Natal de todos!

Para anunciar formalmente, então: nós vamos virar papai e mamãe!

Shin

A partir dessa entrada, o bebê passa a ser o tema dominante do blog. Shin começa a registrar pensamentos e preocupações com a saúde de Yuki e do neném.

### Os enjoos estão terríveis — 3/1/2009

Hoje a Yuki está sofrendo bastante com enjoos, tanto que quase não conseguiu comer a ceia do Ano-Novo.

Além de massagear as costas dela, não posso fazer mais nada para ajudar. Me sinto um inútil.

Já ouvi dizer que grávidas sentem desejo de coisas azedas para ajudar com os enjoos, mas parece que varia de pessoa pra pessoa.

A Yuki disse que, se for iogurte, consegue comer sem se sentir mal. Agora a geladeira de casa está abarrotada de iogurte.

Aliás, tenho que ir comprar mais no mercadinho!

Shin

**Barriguinha** — 8/2/2009

Hoje entramos na 13ª semana de gravidez.

Parece que os enjoos estão longe de acabar.

Hoje comprei mais um monte de iogurte. Ela experimentou vários, mas no fim o que parece ser melhor é o de aloé.

A barriga da Yuki está cada vez maior. Dá pra ver que o bebê está crescendo! Que alegria!

Shin

**Apreciando as cerejeiras** — 16/3/2009

A saúde da Yuki se estabilizou, então fomos dar um passeio, o que não fazíamos há tempos.

Fomos num parque perto de casa. Embora as cerejeiras ainda não tenham florescido totalmente, elas já estão lindas.

A gente sentou num banco e ficou conversando um tempão sobre o bebê.

Falamos sobre o que queremos ensinar pra ele e qual vai ser o primeiro desenho animado que ele vai assistir. Talvez seja meio cedo, mas é muito divertido imaginar como será a nossa vida com essa criança.

Queremos começar a pensar no nome, mas ainda não sabemos se vai ser menino ou menina, estamos na expectativa da confirmação.

Concordamos que, se for menina, seria legal chamar de Sakura, em homenagem às cerejeiras.

Shin

O casal manteve uma convivência muito alegre até essa época, mas em maio, já na segunda metade da gravidez, uma nuvem cinzenta surgiu no horizonte.

**Ultrassom** — 18/5/2009

Hoje eu tive folga do trabalho, então aproveitamos para fazer o pré-natal.

Foi muito emocionante ver o bebê pela primeira vez no ultrassom!

Só que parece que ele está sentado.

Fico preocupado, pois já ouvi dizer que partos com o bebê invertido são complicados. Mas, pelo que a médica disse, ele ainda é pequeno e está na fase em que pode girar dentro do ventre e voltar para a posição normal. Isso me tranquilizou. Ufa!

Só mais uma coisa nos pegou de surpresa: nessa posição sentada, o quadril da criança acaba ficando escondido atrás da pelve da mãe, daí não temos como saber o sexo...

Vamos ter que deixar para decidir o nome mais adiante!

Shin

Um bebê sentado... É quando as pernas do feto ficam na posição invertida no útero da mãe, ou seja, voltadas para baixo, onde deveria estar a cabeça. Isso logo se torna um grande problema para os dois.

### Nós vamos conseguir! — 20/7/2009

Fomos a mais uma consulta do pré-natal.

O bebê continua sentado.

A essa altura, é improvável que ele se vire naturalmente, então parece que vamos ter que dar um jeito nós mesmos.

Ensinaram alguns exercícios à Yuki para ajudar o bebê a ficar na posição certa. Ela pretende fazê-los em casa todos os dias.

Eu também vou fazer tudo que puder para apoiá-la!

Nós vamos conseguir juntos!

Shin

### Que calor! — 17/8/2009

Hoje foi dia de consulta.

Nesse mês, nós nos esforçamos nos exercícios físicos, mas o bebê continua na mesma posição.

A Yuki ficou bem baqueada...

Mas disseram que se fizermos certinho todos os preparativos, ainda é possível fazer o parto normal de forma segura. Isso me deixou mais tranquilo. É ótimo poder contar com uma parteira veterana!

Pelo jeito só vamos saber se é menino ou menina depois que nascer. xD

Na volta, passamos numa cafeteria para tomar um suco.

A Yuki chegou a pedir mais dois copos. Está fazendo calor demais, ela tem sentido bastante sede. Ainda por cima precisa se hidratar por dois!

Shin

No dia 3 de setembro, mais próximo à data prevista para o parto, Yuki passou por uma mudança estranha.

### Ansiedade da gravidez — 3/9/2009

Hoje, a Yuki começou a chorar de repente.

Perguntei o motivo, mas ela não me disse nada. Fiquei bem atordoado com isso...

Acho que é aquele negócio de depressão perinatal.

Fiquei fazendo carinho nas costas dela até ela se acalmar.

A hora do parto está chegando, então são várias as nossas incertezas, sabe?

Como homem, também preciso dar mais segurança a ela...

Shin

## O desenho do bebê — 4/9/2009

A Yuki mudou completamente de ontem para hoje e está mais disposta! Ela até decidiu desenhar, algo que não fazia há um tempão!

É fofo demais! Ela imaginou como será nosso bebê depois de nascer.

Eu perguntei: "Por que ele está vestido de Papai Noel?", e ela me disse: "Porque essa criança é o nosso Papai Noel".

Pensando um pouco, acabei entendendo o que ela quis dizer.

Afinal, nós descobrimos a gravidez no Natal passado! Já faz nove meses. Foi tanta coisa, passou mais rápido do que pareceu...

Shin

**Um desenho do futuro** — 5/9/2009

Quero mostrar outro desenho que a Yuki fez hoje, continuando o de ontem.

Dessa vez ela imaginou o bebê já crescido. "Um desenho do futuro", segundo ela mesma.

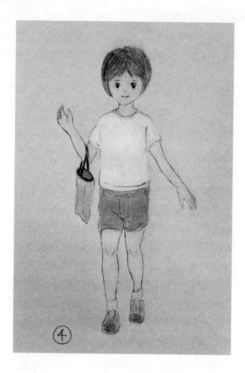

No fim das contas, como o bebê continua sentado, ainda não sabemos o sexo. Daí que ela desenhou de uma forma que pode ser interpretada dos dois jeitos. Eu não esperava menos de uma ilustradora! Não é qualquer um que pensa nesses detalhes.

Aliás, e esse número no canto inferior do desenho? Também tinha no de ontem.

Quando perguntei à Yuki, ela disse que é segredo. Fiquei matutando a respeito, mas não entendi.

Shin

**Igualzinha a ela** — 6/9/2009

Hoje pedimos macarrão do restaurante pro jantar. O meu tinha tempurá de camarão, estava uma delícia!

Hoje a Yuki fez outro desenho do futuro. É uma imagem do bebê já adulto!

Achei incrível o cabelo esvoaçando ao vento!

A Yuki disse que desenhou pensando em como, se for uma menina, ela gostaria que a filha crescesse e ficasse assim.

Ficou igualzinha à Yuki. Se a bebê for parecida com a mãe, ela vai ser linda demais!

Acho que amanhã ela vai desenhar a versão masculina. Mal posso esperar para ver!

Shin

**Igualzinho a mim?** — 7/9/2009

Faltam três dias para a data prevista.

O parto me preocupa, mas não vejo a hora de conhecer o bebê!

O desenho do futuro de hoje é a imagem do bebê adulto (versão masculina).

"Eu desenhei para se parecer com o papai", foi o que a Yuki disse.

Eu falei pra ela que não sou tão bonito assim! (Mas fiquei feliz.)

Shin

## Uma oração — 8/9/2009

Faltam só dois dias para a data programada.

Fizemos todos os preparativos necessários para que fique tudo bem quando começarem as contrações.

A Yuki parece nervosa, mas mesmo assim me fez outro desenho!

Ela disse que fica mais calma quando está rabiscando.

Hoje o desenho é de um futuro bem distante. É uma imagem da bebê bem velhinha. Por que será que ela está rezando assim, toda de branco?

A Yuki respondeu assim: "Quando ela chegar nessa idade, nós provavelmente não estaremos mais vivos". Achei meio sombrio. xD

Talvez amanhã ela desenhe um velhinho. Estou ansioso!

Shin

## Amanhã é o dia! — 9/9/2009

Amanhã finalmente é o dia marcado.

No finzinho da tarde, comecei a ficar nervoso. A Yuki riu e disse para eu me acalmar.

Nessas horas as mulheres são mesmo muito mais fortes que nós, né?

Parece que a Yuki já se preparou psicologicamente.

Mas não teve nenhum desenho de velhinho como eu previ ontem. Ela não devia estar muito a fim de desenhar, imagino. Desculpem por deixar vocês na expectativa!

Acho que esses próximos dias vão ser uma correria, então vou ficar um tempinho sem atualizar o blog. Na próxima postagem trago notícias do parto! Se cuidem, pessoal!

Shin

A postagem seguinte foi cerca de um mês depois.

**Uma notícia** — 11/10/2009

Quanto tempo. Aqui é o Shin.

Finalmente consegui colocar meus sentimentos em ordem para poder dar a notícia.

A Yuki faleceu.

O bebê nasceu saudável. Assim que a Yuki começou a sentir as contrações, nós fomos para o hospital.

No início estava tudo correndo bem, mas mesmo depois de horas fazendo força, o bebê não nascia. As condições da Yuki mudaram drasticamente e ela teve que fazer uma cirurgia de emergência.

Conseguiram salvar o bebê, mas minha esposa não resistiu.

Faz um mês. Eu sinto que foi ontem.

Me ocupei tanto com o funeral da Yuki e os cuidados com o bebê que nem tive tempo para ficar de luto.

Agora, porém, escrevendo sozinho essas frases, as lágrimas não param de cair...

É muito doloroso, mas, pelo bem do bebê, não tenho outra escolha a não ser me manter forte.

Vou dar tudo de mim para criá-lo.

Shin

Sasaki encarou a tela por um tempo, sem reação. Sentia-se atordoado. Yuki e Shin eram totais desconhecidos para ele. Estava lendo aquele blog por pura curiosidade.

Contudo, sem perceber, havia se afeiçoado pelos dois enquanto acompanhava a história deles. Experimentava agora um sentimento de perda que nunca tinha sentido antes.

Afinal, que tipo de vida aguardava esse pai e essa criança?

Sasaki se preocupava pelo futuro dos dois. Desejou poder ver uma realidade em que Shin e a criança superavam a morte de Yuki e viviam felizes.

Com essa prece em mente, clicou em "Ver a próxima postagem". A nova página foi exibida.

Quando o título do texto apareceu, não conseguiu acreditar no que via.

**Para a pessoa que mais amo** — 28/11/2012
    A partir de hoje vou parar de postar aqui.
    O motivo é que me dei conta do segredo daqueles três desenhos.
    Não posso compreender a dimensão do sofrimento que você carregou.
    Não sei a extensão do crime que você cometeu.
    Não posso te perdoar. Mesmo assim, vou continuar te amando.
Shin

Era aquele primeiro registro que tinha lido do diário.

Ou seja, depois da entrada de 11 de outubro de 2009, logo após a morte da esposa, depois de tantos anos sem nenhuma atualização, Shin decidiu de uma hora pra outra postar aquilo. Sasaki leu o texto mais uma vez.

*A pessoa que mais amo...*

Provavelmente tratava-se de Yuki. Podia-se inferir que o texto era dirigido à esposa falecida.

*O crime que você cometeu...*

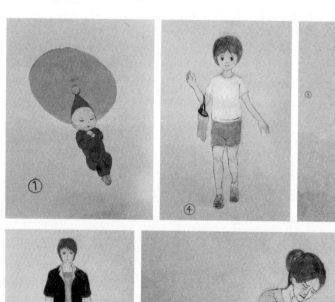

Nos textos do blog, pelo menos, não havia nenhuma menção a qualquer crime cometido por Yuki.

*Não posso te perdoar...*

Por que alguém que amava tanto a esposa não teria como perdoá-la?

*O segredo daqueles três desenhos...*

Vinham-lhe à mente os "desenhos do futuro" que Yuki começara a desenhar perto da data do parto.

Ilustrações feitas por uma artista habilidosa imaginando o futuro de seu bebê. Era mesmo um pouco curioso, mas não havia nada de particularmente estranho nisso. Ela queria que a criança fosse saudável e longeva... desenhara com esse desejo em mente. Foi o que Sasaki pensou.

No entanto, Shin havia descoberto algum segredo escondido em três das cinco figuras. Que segredo era esse? Sasaki se sentiu impotente, como se estivesse diante de um quebra-cabeça impossível de resolver.

Os números no canto dos desenhos eram a única pista.

Cada imagem tinha um número. Quando questionada sobre o que significavam, Yuki havia dito que era segredo. Eles pareciam a chave para desvendar o enigma.

Sasaki ligou a impressora, fez uma cópia dos desenhos e os colocou na ordem indicada pelos números. Ao fazer isso, a cronologia acabou ficando bagunçada: ① bebê, ② idosa, ③ mulher adulta, ④ criança, ⑤ homem adulto.

— Começa pelo bebê... que envelhece, volta a ser criança e depois vira adulto de novo? Não tô entendendo nada...

Sasaki soltou um suspiro e se deitou no chão. Através da janela do quarto podia ver que o céu já havia começado a clarear. A manhã logo viria.

— Tenho que dormir um pouquinho...

Deixou tudo pronto para a aula que teria às dez e meia e decidiu tirar uma soneca.

\* \* \*

O refeitório da universidade ficava sempre lotado logo depois do meio-dia. Mesmo chegando por volta das onze, conseguir um lugar para sentar era uma pequena vitória. Sasaki escapou da aula da manhã um pouco antes do horário e correu para lá.

Mas seu objetivo não era almoçar. Queria encontrar Kurihara.

E valeu a pena se adiantar, porque as mesas ainda estavam vazias. Ele procurou o colega, mas... não o encontrou. Será que ainda não havia chegado?

Enquanto decidia se comprava ou não o tíquete do almoço, sentiu alguém cutucar seu ombro.

— Sasaki! Nos encontramos de novo, né? Vi você passar correndo agora há pouco. Essa pressa toda é fome?

Era Kurihara.

Com os pratos de arroz com karê servidos, os dois acharam uma mesa e se sentaram um de frente para o outro.

— Kurihara, eu li o blog que você me indicou.

— É muito enigmático, né?

— Sim. Por culpa dele, nem dormi direito. Fiquei pensando um monte de coisa, mas no fim não deu pra entender nada. Que negócio mais esquisito!

— Pois é.

— Bom, mas se não fosse pela última postagem, seria só um diário comum de um marido apaixonado.

— Acha mesmo?

Kurihara lançou ao colega um olhar afiado, fazendo Sasaki se encolher por reflexo.

— Sasaki... Eu também achei aquela última postagem perturbadora, claro. Mas não foi só isso. Aquele blog todo é estranho.

— Como assim?

— Por exemplo... o fato de o diário ter sido apagado depois do nascimento da criança.

— Apagado?

— Se você ler a última postagem vai entender. Só um minuto...

O estudante tirou da mochila um calhamaço de folhas A4 grampeadas e o colocou sobre a mesa. Eram os posts do blog impressos.

— Kurihara... você imprimiu tudo?

— Claro! Para poder ler várias vezes vindo pra cá e voltando pra casa. Eu queria solucionar o mistério.

**Para a pessoa que mais amo** — 28/11/2012

    A partir de hoje vou parar de postar aqui.
    O motivo é que me dei conta do segredo daqueles três desenhos.
    Não posso compreender a dimensão do sofrimento que você carregou.
    Não sei a extensão do crime que você cometeu.
    Não posso te perdoar. Mesmo assim, vou continuar te amando.

Shin

— "A partir de hoje vou parar de postar aqui." O mais importante é essa frase. "A partir de hoje vou parar de fazer tal coisa" é o tipo de frase que só alguém que seguia fazendo essa coisa até pouco tempo antes diria. Se uma pessoa diz "a partir de hoje vou parar de fumar", é de imaginar que até ontem ela ainda fumava. Da mesma forma, quando ele escreve "a partir de hoje vou parar de postar aqui", fica subentendido que até então o blog continuava a ser atualizado.

"Acontece que, logo antes disso... entre a notícia da morte de Yuki e essa última publicação, há um período de vários anos em branco. Por isso acabei tendo essa suspeita. E se o Shin continuou publicando o diário durante todo esse tempo, mas daí, seja lá por qual motivo, decidiu apagar tudo?"

— Hum...

— Não é nada incomum alguém apagar coisas que postou num blog. Eu mesmo já excluí um blog inteiro sobre teorias de Evangelion que fiz no ensino médio. Mas o jeito como ele apagou as postagens é meio estranho. Ficaram só os registros da época em que a esposa estava viva, tudo que veio depois do nascimento da criança foi deletado... É bem inquietante, né? Não dá pra entender a motivação dele.

— É, agora que você falou... Eu não tinha pensado nisso.

— Tem uma outra coisa esquisita. Olha o registro de 15 de outubro.

**Aniversário de casamento** — 15/10/2008

    Olá, aqui é o Shin!
    Eu disse que ia publicar todo dia, mas ontem estava muito cansado; acabei indo dormir sem escrever nada. Peço desculpas. Vou me esforçar mais a partir de agora!

Bom, hoje, 15 de outubro, é um dia muito especial.

A Yuki e eu estamos completando nosso primeiro ano de casamento!

Comprei um bolo inteiro para comemorar. Foi um pouco caro, mas era de primeira!

Estava tão gostoso que eu comi duas fatias. A Yuki ficou brava: "Você tá comendo demais, vai acabar engordando, hein!". T_T

Sobraram quatro fatias, guardamos na geladeira para amanhã. Não vejo a hora de comer!

Shin

— Sasaki, uma pergunta: quantas fatias de bolo a Yuki comeu?

— Deixa eu ver... Como ela se enfureceu e disse que Shin estava comendo demais com duas fatias, acho que o normal seria deduzir que ela comeu uma, né?

— Exato. Se tivesse comido duas ou mais, seria o sujo falando do mal lavado. Nesse dia, portanto, podemos inferir que a Yuki comeu uma fatia e o Shin comeu duas. Como sobraram quatro, devia ter sete no total. Ou seja, eles teriam que ter dividido o bolo inteiro em sete fatias. Não te parece estranho?

— É mesmo, o mais fácil seria dividir em oito fatias iguais...

— Pois é. Provavelmente o bolo foi dividido em oito mesmo. Yuki comeu uma, Shin comeu duas, sobraram quatro. Sete no total... O que você acha que aconteceu com a outra?

— Hum...

— Dá pra concluir que *outra pessoa comeu*. Será que não tinha mais alguém morando naquela casa?

— Quê?! Pera aí, agora você tá forçando a barra... O Shin pode ter só confundido os números.

— Claro, não estou baseando essa hipótese só nisso. A sombra dessa terceira pessoa que não vemos aparece em outros lugares. Dá uma olhada no primeiro post...

**Muito prazer** — 13/10/2008

Hoje decidi criar um blog. Vou começar me apresentando. Meu nome é Shin.

Eu queria postar uma foto do meu rosto, mas como me disseram que é perigoso compartilhar informações pessoais na internet, vou colocar um retrato meu desenhado.

Quem fez foi a minha esposa. Ela se chama Yuki e tem seis anos a mais que eu, às vezes sinto que ela cuida de mim meio que como uma irmã mais velha.

Quando contei que ia criar esta página, pedi que me desenhasse e em menos de cinco minutos estava pronto. Só podia ser uma ex-ilustradora mesmo. A Yuki é incrível!

Mas será que ela não me fez bonitão demais?

Enfim, pensei em registrar nosso cotidiano imprevisível em forma de diário.

Pretendo publicar algo novo todo dia, então me acompanhem se puderem!

Shin

— No início da postagem está escrito: "me disseram que é perigoso compartilhar informações pessoais na internet". Quem você acha que disse isso?

— Mas não foi a Yuki?

— Acha mesmo que foi ela? Presta atenção nesta frase da última parte...

Quando contei que ia criar esta página, pedi que me desenhasse e em menos de cinco minutos estava pronto.

— "Contei que ia criar esta página" e "pedi que me desenhasse" acaba mostrando que, até esse momento, *a Yuki ainda não sabia* que ele tinha a intenção de fazer o blog.

---

**Shin resolve criar o blog**

**Alguém o avisa que "é perigoso compartilhar informações pessoais na internet"**

**Shin avisa Yuki que vai criar um blog**

---

"Seguindo esse raciocínio, a questão agora é quem alertou Shin sobre postar informações pessoais na internet. Surge de novo a possibilidade de alguém mais morar com o casal. Mas quem? Algum dos pais, um irmão, algum amigo deles? Aí eu já não sei, mas está na cara que o Shin quer *esconder a existência dessa pessoa*. No blog, o nome dela não é mencionado uma única vez. Mesmo assim, vemos alusões à sua existência aqui e ali. Afinal... o que ele pretendia ao fazer isso?"

Sasaki sentiu um temor inexplicável. Kurihara seguiu imperturbável.

— Mas isso é só a ponta do iceberg.

— Ainda tem mais?

— Tem. O que eu achei assustador mesmo nisso tudo foi a questão do **bebê** sentado.

Mas disseram que se fizermos certinho todos os preparativos, ainda é possível fazer o parto normal de forma segura. Isso me deixou mais tranquilo. É ótimo poder contar com uma parteira veterana!

— Me deu um calafrio quando vi isso. Eu entendo do assunto porque minha irmã mais nova também foi um bebê pélvico. Esse tipo de parto tem altas chances de complicação. Pelo que li, havia uma taxa alta de mortalidade no parto, tanto da mãe quanto do bebê, na época em que ainda não se podia prever isso. É por isso que, hoje em dia, a partir do momento em que se confirma essa condição, já se opta por uma cesariana. Claro que há exceções, mas um hospital sério jamais diria algo leviano como "se fizerem os preparativos, é possível fazer o parto normal de forma segura". No fim, Yuki acabou justamente morrendo no parto.

— Ela foi vítima de algum médico incompetente, então...

— Sim. Essa pessoa misteriosa que morava com eles, o comportamento suspeito de Shin ao tentar esconder a existência dela, a negligência do hospital responsável pelo parto. O ambiente que cercava Yuki era mesmo esquisito.

— Falando nisso... E aqueles desenhos, Kurihara?

— Os tais três desenhos com um segredo?

— É. Pensei em muitas possibilidades, mas também não descobri nada...

— Você viu os números em cada um deles?

— Óbvio.

— Eles servem de eixo, né?

— Ah, pode ser. Mas pondo eles em ordem, a progressão das idades fica bagunçada. Eles não dão pista nenhuma.

— Tem várias formas de se dispor os números, viu, Sasaki?

— Como assim?

— Uma linha do tempo não é a única possibilidade.

— Kurihara... você descobriu o significado das imagens, então?

— Sim, mais ou menos.

— Fala sério! Me conta logo!

— Putz... Aqui vai ser meio difícil. Preciso de algumas ferramentas.

— Ferramentas?

— Ah, é! Você poderia vir hoje até a sala do clube? Lá eu consigo te mostrar.

— Do clube? É que... eu não tenho aparecido por lá ultimamente, fico meio envergonhado.

— Para com isso! Você ainda é membro do grupo, pode vir sempre que quiser, Sasaki.

— Mesmo?

— É claro.

— Tá bom. Vou dar um tempinho da correria atrás de emprego e passo lá mais tarde.

Ao ouvir essas palavras, Kurihara sorriu contente.

— É assim que se fala! Eu me sinto meio sozinho agora que você não tem vindo mais, sabia?

— Olha, você não parece do tipo que fica sofrendo sozinho... Eu ainda tenho umas aulas, então acho que só vou poder aparecer lá pelas quatro horas.

— Não tem problema. Ah, sim! Vou deixar isso com você.

Kurihara lhe entregou as folhas impressas com o conteúdo do blog.

— Tem certeza? Você não ia tentar resolver o mistério no trajeto entre sua casa e aqui?

— Tranquilo. Eu tenho umas cópias extras comigo.

— Que obsessão... Vou aceitar as folhas, então. Valeu!

— Imagina. Vou estar lá no clube te esperando. De qualquer jeito, vai pensando nessa ideia dos números como um eixo.


Sasaki passou toda a aula do terceiro período vidrado no material que Kurihara tinha lhe passado. A disciplina já era famosa por ser uma falação interminável e aborrecida, e os alunos costumavam aproveitá-la como tempo livre para estudar, cochilar ou qualquer outra coisa.

Mesmo assim, como não era possível tampar os ouvidos, a voz do professor inevitavelmente se fazia ouvir. Ainda que sem prestar atenção, Sasaki distinguia algumas palavras do monólogo descontraído:

— ... e nem preciso dizer que arte e arquitetura estão intimamente conectadas. A pintura não é exceção. Como vocês já devem saber, um artista célebre pelo uso de ilusões de ótica, o ilustre Maurits Escher, estudou arquitetura na Universidade de Haarlem...

Ilusões de ótica...

Aquilo veio como um lampejo para Sasaki.

E se os "desenhos do futuro" de Yuki também tivessem alguma ilusão de ótica? Ele não entendia muito de arte, mas já tinha visto essas imagens estranhas que enganam os olhos, como uma figura que podia ser tanto um coelho quanto um pato, ou outra que vista de longe parecia ser uma caveira, mas de perto revelava duas figuras humanas. O que tinham em comum era o fato de se transformarem conforme se alterava o ponto de vista.

O motivo é que me dei conta do segredo daqueles três desenhos.

Talvez, passados alguns anos depois da morte da esposa, Shin tenha descoberto algo vendo os desenhos por uma perspectiva diferente. Folheando as páginas, Sasaki os encontrou. Tentou posicionar cada um em ângulos diversos. Foi aí que se deu conta de algo.

Ao girar o desenho da mulher adulta noventa graus para a direita, seus cabelos ao vento parecem estar caindo pela ação da gravidade. A empolgação que sentiu por achar que tinha descoberto algo novo logo se transformou em decepção. Que sentido fazia colocar a mulher deitada? Se fosse para representá-la dormindo, a posição dos braços não era nada natural.

De uma hora pra outra, a sala ficou mais barulhenta. Os alunos começavam a arrumar suas coisas para ir para casa. A aula tinha acabado sem que ele percebesse. Um dos estudantes abriu a porta e uma rajada de vento soprou do corredor, agitando as folhas que Sasaki tinha em mãos.

E assim ele notou algo que o deixou surpreso.

Primeira página, segunda página, terceira página...

*Tem várias formas de se dispor os números, viu, Sasaki?*

Os números dos desenhos podiam indicar números de página... Seria a ordem para sobrepô-los? Talvez, colocando um sobre o outro, as imagens se combinassem formando um novo desenho — como em uma ilusão de ótica.

Sasaki arrancou as folhas do calhamaço grampeado e experimentou sobrepô-las na ordem: ① bebê, ② idosa e ③ mulher adulta. Depois, levantou-as contra a luz.

Os três desenhos se misturavam, mas não formavam nenhuma imagem coerente.

Sasaki ainda tentou uma série de variações; trocou os desenhos, os ângulos, as posições — mas acabou se frustrando. Havia uma infinidade de combinações possíveis.

*Droga... Se eu tivesse alguma pista...*

Então, relembrou o que Kurihara tinha lhe dito:

*Eles servem de eixo, né? Vai pensando nessa ideia dos números como um eixo.*

Os números eram centrais para solucionar o enigma, isso já estava mais do que claro. Mas então por que ele fez questão de frisar uma ideia óbvia dessas?

*Não, espera... Será que com "eixo" ele quis dizer...?*

Sasaki refletiu. Era provável que Kurihara tivesse se referido ao sentido mais concreto da palavra. Um ponto de equilíbrio, um pivô. Ou, ainda, um ponto que serve de base para conectar vários elementos. Como o grampo que unia aquele maço de folhas...

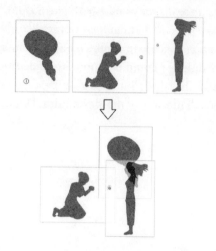

Sasaki empilhou os desenhos, deixando os números ①, ② e ③ na mesma posição, formando um eixo. Experimentou girar um pouco cada uma das folhas. Ele esperava que em algum momento os três desenhos formassem uma composição perfeita.

O que aconteceu, no entanto, foi que seus testes falharam mais uma vez.

Às quatro da tarde, Sasaki chegou ao prédio dos clubes, que ficava em uma área separada da universidade. O lugar era repleto de salas ocupadas por vários grupos que se dedicavam a atividades extracurriculares da área de humanidades. Já fazia quase seis meses que ele não abria a porta da sala do Clube de Ocultismo. Ao adentrar aqueles dez metros quadrados repletos de livros e revistas, viu Kurihara sozinho lendo.

— Desculpe, acabei demorando. E o resto do pessoal?
— Neste dia da semana, em geral, fico só eu mesmo.

Além de já serem poucos no clube, os colegas de turma de Sasaki estavam na fase de procurar emprego, o que dava à sala um ar ainda mais desolado. Ele sentiu um pouco de pena de Kurihara.

— Certo, Sasaki. Vou explicar logo o segredo dos desenhos...
— Espera aí! Na verdade, estive tentando deduzir algumas coisas sozinho nesse meio-tempo.

Ele contou a Kurihara sobre a questão do eixo e da ilusão de ótica, que lhe vieram à mente durante a aula.

— Entendi. Ótima linha de raciocínio! Você já deve ter chegado na solução, então.

— Solução? Mas eu ainda não resolvi nada do enigma principal...

— Se você já entendeu o modo de pensar, só falta mais um passo. É tipo um quebra-cabeça, Sasaki. E as cinco folhas com os desenhos são as peças. Pensa comigo. Se as peças do seu jogo tiverem tamanhos diferentes, não dá pra encaixá-las, certo?

— É verdade...

— As cinco imagens foram originalmente desenhadas em papel. Daí o Shin fotografou e subiu no blog. O que importa aqui é que não tem como saber a dimensão original dos desenhos só de olhar as fotos.

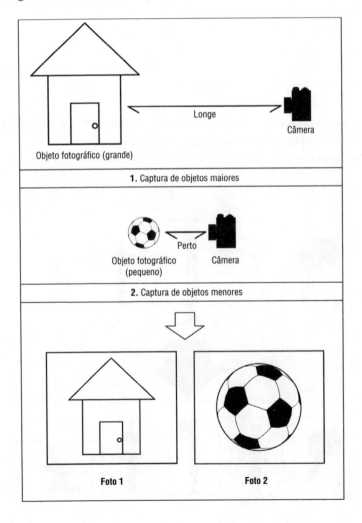

— Quando fotografamos algo grande, afastamos a câmera do objeto, não é? Mas, quando se trata de algo pequeno, aproximamos a lente para bater a foto. Independentemente das dimensões, tudo acaba ficando mais ou menos do mesmo tamanho. Talvez a proporção entre os desenhos tenha ficado diferente nas fotos, ainda mais se os tamanhos deles variavam. Resumindo, as dimensões das peças do quebra-cabeça estão bagunçadas. Desse jeito, não importa a forma como montamos, não dá pra recriar a ilusão de ótica.

— Então a gente precisa colocar eles na proporção real? Teríamos que ver os originais pra saber disso.

— Exato. Mas podemos fazer uma estimativa. As cinco folhas têm um *eixo* que serve de parâmetro.

— Eixo... Os números.

— Sim. É como você disse: o desenho se forma quando empilhamos as folhas sobrepondo os números. Só que agora não precisamos olhar os números, e sim os círculos ao redor deles. Quer ver? Os tamanhos estão diferentes, percebe? Se as nossas suposições estiverem certas, isto é, se a numeração for mesmo um eixo conectando os desenhos, faria sentido que originalmente todos os círculos tivessem o mesmo tamanho.

— Quer dizer que se ampliarmos ou reduzirmos cada desenho para que os círculos correspondam, vamos ter a proporção original.

— Isso mesmo. Aliás, foi por isso que te chamei. Me empresta aqui um pouquinho.

Kurihara pegou as folhas que Sasaki tinha destacado do material e foi até a impressora no canto da sala.

— Hum... Tenho que ampliar esta em vinte por cento... Essa aqui tem que reduzir dez por cento... Aquela... — enquanto resmungava, ele operava a máquina com maestria.

Por fim, cinco novas folhas saíram da impressora.

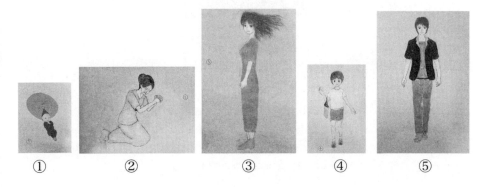

① ② ③ ④ ⑤

— Pronto. Deve ser essa a proporção original.
— São bem diferentes... Beleza, vamos sobrepor tudo.
— Espera. Você está deixando passar outra coisa importante, Sasaki.
— Hã?
— Você tinha tentado empilhar os desenhos e colocar eles contra a luz, não foi?
— Foi.
— Posso mostrar uma coisa? Cada folha foi marcada com um algarismo de 1 a 5. Isso indica a ordem na sobreposição, certo? A questão é que a ilusão não vai funcionar se as imagens estiverem fora de ordem.
— Bom... isso é óbvio.
— Claro. Mas, se você coloca os desenhos contra a luz, como fica a ordem? Se você arranjar como 1-2-3, 2-3-1 ou 3-2-1, não faz diferença. A imagem que aparece é praticamente a mesma. Os elementos todos se misturam...
— Tá, e como a gente faz, então?
— Sabe a técnica de desenhar em *layers*?
— *Layers*... Não, não sei do que se trata.
— É coisa de quem trabalha com ilustrações. Vamos supor que você peça para um ilustrador profissional fazer um desenho de um menino segurando um oniguiri com campos e montanhas ao fundo.

"Depois que a ilustração está pronta, é muito comum os clientes pedirem modificações, do tipo 'troque o bolinho de arroz por um sanduíche', ou 'em vez de menino, faça uma menina', ou então 'esquece a montanha, queremos uma cidade'.

Para não ter que refazer o desenho inteiro a cada alteração, o costume é desde o início dividir o desenho em *layers*, ou 'camadas', traduzindo.

"Primeiro vem a camada que serve de base: ① as montanhas. Depois, a ②, do menino, e, por último, é desenhada a ③, o oniguiri. Recortando o espaço em branco e ordenando 1-2-3 da base pra cima, o desenho fica completo. Se alguém reclamar do bolinho, basta redesenhar a camada 3. Só que aqui temos que prestar atenção na ordem: se 2 e 3 forem invertidas, o bolinho fica escondido por trás do menino. Nessa técnica, a ordem dos fatores é crucial.

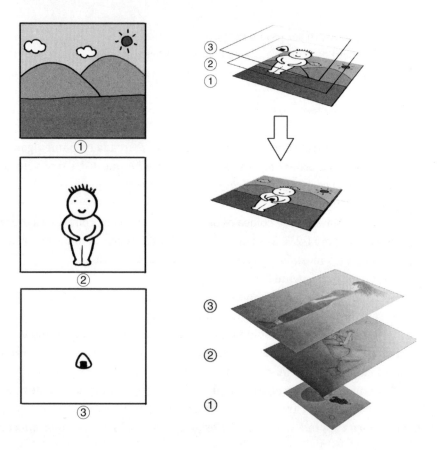

"E, de acordo com o blog, a Yuki era ilustradora. Devia ter esse hábito de desenhar em *layers*. Daí que...

"O desenho do bebê, número ①, é a base. Em cima dele colocamos o desenho ②, a idosa. Por fim, o ③, a mulher adulta. Vamos fazer um teste com as folhas."

Kurihara empilhou os desenhos deixando exatamente na mesma posição os números 1, 2 e 3 circulados. Então, usando-os de eixo, foi movendo os papéis cuidadosamente.

— Acho que assim...

— Deu certo?

— Sim. Agora só falta tirar o espaço em branco.

Kurihara pegou uma tesoura e começou a recortar o papel.

Foi aí que Sasaki enxergou. A imagem repugnante se revelava vagamente através das três folhas. Vendo o colega cantarolar tranquilamente enquanto picotava os contornos dos desenhos, Sasaki, hesitante, arriscou a pergunta:

— Kurihara... Você já sabe qual é a imagem que vai se formar?

— Aham. Eu tentei isso ontem.

— Mas... como você consegue se divertir com isso?

— Mas isso *é* divertido. Pronto, terminei.

A composição completa da ilusão de ótica estava disposta sobre a mesa.

*O segredo daqueles três desenhos...* O mistério das imagens deixadas por Yuki. Era isso.

— Não consigo acreditar... Que coisa horrível.

— Esse deve ser o tal "segredo" que a Yuki estava tentando contar.

A almofada do desenho do bebê aparecia sob o ventre da mulher, fazendo-a parecer grávida. Sasaki sentiu um calafrio quando se deu conta do verdadeiro motivo para a criança ter sido desenhada vestida de Papai Noel: o gorro triangular representava o corte feito na barriga da gestante. Além disso, a roupinha vermelha era o sangue da mãe que cobria o seu corpo. A cena mostrava o bebê sendo tirado após cortarem o ventre dela.

A velhinha não estava rezando; estava puxando o bebê pelas pernas, tirando-o do corpo da mãe. As roupas brancas não tinham nada a ver com qualquer contexto religioso, eram na verdade um desses aventais usados por profissionais da saúde.

Seus olhos então se detiveram no corpo da mulher. A pele extremamente pálida. Os olhos arregalados e inexpressivos. E, por fim, os braços rígidos, numa posição pouco natural.

Ela havia desenhado *um cadáver*.

— Não pode ser, esse desenho...?

— Pois é.

*Conseguiram salvar o bebê, mas minha esposa não resistiu.*

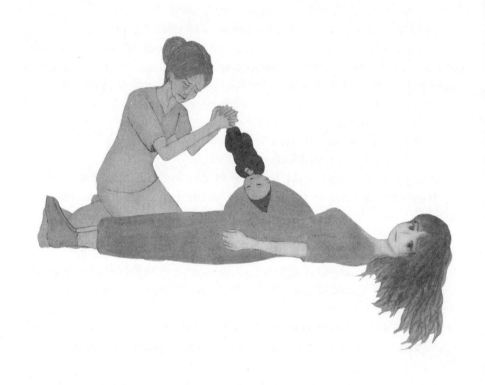

— É exatamente como o post. Foi uma cesariana.

— Fizeram um corte na barriga e tiraram o bebê. É isso que o desenho mostra...

Se fosse só uma representação do que aconteceu, já seria de extremo mau gosto. Entretanto, não era esse o caso. O desenho havia sido feito *antes de Yuki morrer*. Ela havia desenhando a própria morte de forma velada enquanto o parto se aproximava.

*Desenhos do futuro...* Essas palavras pesaram sobre Sasaki.

— A Yuki previu que iria morrer?

— Ela devia ser vidente, né?

— Olha... a gente tem que considerar a hipótese, mas a explicação não fecha...

— Ou então... *ela já sabia que alguém a mataria.* Algo assim.

— Quê?!

— É só uma suposição. Vai que alguém da equipe de obstetrícia do hospital odiava a Yuki por motivos pessoais e planejou matá-la durante o parto.

— Sei lá, isso é meio...

— Você acha muito absurdo? Foi alguém do hospital que recomendou um parto normal arriscado, ignorando a posição invertida do bebê.

*Mas disseram que se fizermos certinho todos os preparativos, ainda é possível fazer o parto normal de forma segura. Isso me deixou mais tranquilo.*

— Foi por terem seguido essas palavras que o parto se complicou e a Yuki acabou morrendo. Dá quase pra dizer que a morte dela foi um homicídio tramado pelo hospital...

— Um homicídio planejado?!

— Talvez a Yuki se deu conta desses planos. "É possível que eu morra durante o parto"... Será que ela não decidiu desenhar tudo para avisar o Shin?

— Tá, mas se fosse algo tão grave, por que ela usaria esses desenhos para comunicar isso? Não dava pra contar logo pro Shin?

— Devia haver alguma circunstância que a impedia de dizer a ele.

*Não sei a extensão do crime que você cometeu.*

— Se o que Shin escreveu no blog é mesmo verdade, a Yuki cometeu algum crime em seu passado. E, pelo teor da mensagem, a impressão que fica é de que não se trata de um crime leve.

— A motivação do hospital para matar a Yuki... seria vingança?

— Se fosse isso, ela não teria como alertar o Shin sem revelar o que tinha feito.

*Não posso te perdoar. Mesmo assim, vou continuar te amando.*

— "Não posso te perdoar"... De alguma forma, *o crime que a Yuki cometeu devia envolver o Shin.* Por isso ela não podia contar. Também é possível que ela estivesse arrependida e aceitasse a morte como punição. Para revelar a verdade ao marido depois de partir, resolveu deixar essa última mensagem oculta.

— Que coisa horrível.

— Olha, é só especulação minha. Não precisa levar tão a sério.

— Mas o que você disse...

— Por mais que a gente pense, não tem como saber a verdade. Não temos nenhuma relação com essas pessoas, são totais desconhecidos.


Os dois saíram do clube e jantaram num restaurante próximo da universidade. Depois, cada um seguiu o seu rumo para casa. Ao se despedirem, Kurihara falou:

— Sasaki, desculpa ter tomado seu tempo hoje pra ficar de papo.

— Imagina. Foi divertido mergulhar numa atividade do clube depois de tanto tempo... Valeu mesmo.

— Eu também agradeço. Amanhã você já volta pra correria?

— Volto. Tenho reunião de orientação de duas empresas, e depois ainda tenho aula.

— Que puxado... Eu acho que vou continuar analisando o blog.

— Se descobrir o que aconteceu de verdade, me avisa!

— Com certeza.

No caminho de volta, Sasaki repassou mentalmente as suposições de Kurihara:

- Yuki cometera algum crime grave no passado.
- Isso gerou rancores em um funcionário (ou funcionários) da ala de obstetrícia do hospital, que tramou um plano para matá-la indiretamente sugerindo um parto perigosíssimo para a condição em que ela estava.
- Yuki se deu conta desse plano e deixou uma mensagem final codificada em desenhos enigmáticos.
- Sem saber de nada, Shin publicou as imagens no blog.
- Em seguida, Yuki morreu durante o parto.
- Alguns anos depois da morte de Yuki, Shin descobriu o segredo dos desenhos da esposa e chegou à verdade sobre sua morte e seu crime.

Sem dúvida alguma era uma história bizarra.

Para início de conversa, não fazia sentido frequentar um hospital sabendo que alguém ali a odiava tanto. E se sabia do plano de assassinato, ela poderia ter procurado a polícia, ou pelo menos ido atrás de um outro hospital para ter a criança. Então por que Yuki não havia tentado se salvar?

No entanto, sua única atitude foi deixar aqueles desenhos ambíguos.

— Aliás... os desenhos... — Sasaki lembrou de algo importante.

Kurihara esclarecera o mistério dos três desenhos naquela tarde.

Mas eles eram cinco no total. Restavam dois. Com que propósito haviam sido feitos? Será que também eram um quebra-cabeça?

Sasaki tirou da mochila os desenhos ④, da criança, e ⑤, do homem adulto, cujas dimensões Kurihara havia ajustado na impressora. Então sobrepôs as folhas de modo a posicionar os números no mesmo ponto. Nesse instante, foi tomado pelo choque.

*Não acredito... Mas então...*

Nem foi necessário recortar os espaços em branco. Com a luminosidade dos postes da rua ele pôde enxergar através das duas folhas, que formavam uma única composição.

Um pai e um filho andando de mãos dadas.

*Esse é o segundo desenho do futuro...*

Talvez Yuki o tivesse feito imaginando esse futuro do qual ela já não fazia parte. O que se passava no coração dela?

Sasaki queria encontrar Kurihara, precisava saber como ele interpretava isso.

Ele mudou de direção e começou a correr pelo caminho de onde viera. O colega ainda não devia estar tão longe. No entanto, mesmo correndo bastante, não conseguiu encontrar Kurihara.

# 2

## O DESENHO DO QUARTO ENCOBERTO DE NÉVOA

YŪTA KONNO

Fazia três anos que Takeshi, o pai de Yūta Konno, morrera, durante o inverno.

Yūta, com três anos de idade na época, não compreendia bem a situação. Não chorou e nem expressou muita tristeza. Podia sentir, no entanto, que *alguma coisa* catastrófica tinha acontecido, já que sua mamãe, sempre tão calma, começara a comportar-se descontroladamente de uma hora para outra. O garoto passara a viver nervoso e amedrontado.

Em breve, Yūta completaria seis anos. As memórias que tinha do curto tempo em que conviveu com o pai eram vagas, como se encobertas por uma névoa. Mas tinha uma coisa da qual ele se lembrava claramente.

Foi no verão daquele último ano, alguns meses antes de o pai morrer. Naquele dia, eles tinham ido visitar um túmulo no cemitério. O lugar ficava a uns dez minutos a pé de sua casa. Yūta usava um chapéu de palha. Sob o sol escaldante que brilhava no céu azul, o pai lhe dizia algo num tom gentil. Mas Yūta nunca conseguia recordar exatamente o conteúdo da conversa.

Desse dia, restava-lhe somente o barulho incessante do canto das cigarras.


NAOMI KONNO

Um sentimento sombrio se apossou de Naomi quando ela se pôs a preparar o jantar. Limpou um maço de cebolinha e picou tudo com a faca. Sua cabeça estava no cômodo ao lado, a sala, silenciosa. Yūta ainda devia estar no sofá fazendo beiço e com os olhos marejados. Levou a frigideira ao fogo e a untou com óleo. Jogou a cebolinha picada e começou a refogá-la. Vários pensamentos colidiam em sua mente.

*Acho que exagerei na bronca.*

*Mas é assim que se educa uma criança...*

*Será que não tinha um jeito diferente de dizer aquilo pra ele?*

*Falar num tom gentil nem sempre dá conta do recado!*

A cebolinha refogada exalou um aroma agradável. Naomi pegou a carne moída que estava na geladeira e a adicionou à frigideira.

Yūta gostava de desenhar. Desde pequeno se divertia rabiscando linhas sinuosas como minhocas, e agora já conseguia fazer desenhos com formas definidas, desde pessoas e animais até veículos. Também aprendera a usar diferentes materiais. Gostava especialmente da régua de desenho.

Era uma régua retangular transparente que tinha espaços vazados em forma de círculo, triângulo, estrela, entre outros. Traçando a caneta por esses moldes, mesmo uma criança conseguia criar formas geométricas precisas, o que ele parecia achar muito divertido. Isso não incomodava Naomi, o menino podia brincar o quanto quisesse com suas folhas de desenho.

Mas precisava rabiscar o piso do apartamento? Com um marcador permanente, pra piorar... E essa nem era a primeira vez. Aconteceu o mesmo com a parede do banheiro e, antes disso, um pilar. Mesmo usando produtos de limpeza potentes e esfregando várias vezes, as marcas só esmaeciam um pouco, nunca sumiam totalmente.

"A curiosidade da criança não tem limites. Desenhos são uma forma importante de autoexpressão. É impensável repreender uma criança por isso." Tinha lido algo assim em um livro sobre educação. Certamente o autor tinha casa própria.

*Será que ele diria isso se morasse de aluguel?*, pensou Naomi, amargurada.

Depois de conferir o ponto da carne moída no fogo, partiu com as mãos o tofu macio e jogou os pedaços na frigideira. O estalar da fritura ressoou. Abriu a caixinha do mapo tofu e despejou o molho que vinha no sachê. Naomi gostava de comida picante. Quando jovem, detestava qualquer coisa mais suave, mas depois de se tornar mãe aprendera a apreciar sabores menos apimentados. Quando o caldo com a carne e o tofu começou a ferver, a melodia da panela elétrica anunciou que o arroz estava pronto.

Naomi suspirou, ergueu os cantos da boca para se forçar a mudar de humor e foi para a sala de estar:

— Tá na mesa, Yūta!

Sentado no sofá, o menino a observava com olhos inquisitivos. Tentava adivinhar pela expressão facial se o humor da mamãe já tinha melhorado ou se ela continuava brava.

*Eu devia fazer essa mesma cara depois de irritar meus pais quando era criança...*

Num tom mais doce do que o normal, Naomi disse, sorrindo:

— A mamãe não tá mais brava. Vem, vamos comer juntos!

— Vamos...

A tensão no rosto dele se dissipou um pouco.


Terminada a refeição, Naomi deu um banho em Yūta e o colocou para dormir. Lavou a louça, dobrou as roupas lavadas e, quando finalmente conseguiu parar para respirar, já eram onze horas. Ao esparramar o corpo no sofá da sala, o cansaço do dia bateu de uma só vez. Não era mais jovem. Será que conseguiria criar sozinha uma criança? Só com o salário do trabalho de meio período e a pensão era impossível guardar dinheiro. O apartamento em que moravam era barato para o centro da cidade, mas mesmo assim o aluguel pesava bastante nas despesas.

Matrículas na escola, exames de admissão, processos seletivos... Ela se perguntava se teria dinheiro o bastante para apoiar Yūta ao longo das etapas de sua vida. Será que conseguiria protegê-lo?

Era como se estivesse correndo uma maratona sem linha de chegada.

O pior é que não era só o futuro que a assustava. Outra grande preocupação a perturbava nos últimos tempos.

*Tem alguém seguindo a gente.* Percebera isso pela primeira vez havia duas noites. Estavam a caminho de casa, depois de Naomi sair do trabalho para buscar Yūta na pré-escola. De repente, sentiu um olhar às suas costas. Quando virou, não havia ninguém. Ela achou que tinha sido só uma impressão.

Entretanto, no dia seguinte, a mesma sensação inquietante a acompanhou durante todo o caminho de volta para casa.

Hoje, as suspeitas finalmente viraram convicção. Quando foi com Yūta à loja de conveniência perto de casa, notou um carro pequeno parado na frente do lugar. Ela estranhou o modelo, não era comum na vizinhança.

Quando os dois começaram a caminhar, o veículo passou a se mover devagar, como se os seguisse. Naomi sentia-se cada vez mais tensa. O carro continuou acompanhando-os, mantendo a mesma distância. Alguma coisa estava claramente errada. Seria melhor fugir? Parar? Talvez voltar pra loja? Todas as opções pareciam arriscadas. Naomi só pôde continuar a caminhar segurando firme na mão de Yūta.

Após um tempo, os dois avistaram o prédio onde moravam.

— Yū, vem logo!

Ela puxou o menino pela mão e apertou o passo. Buscando refúgio, dispararam pela entrada do prédio. Assim que cruzaram a soleira, o carro acelerou e desapareceu. Ela tinha razão: *os dois estavam sendo seguidos.*

— Se o Takeshi estivesse aqui... — ela murmurou, olhando para o pequeno altar budista no canto da sala.

Ainda que fosse inútil fantasiar, Naomi pensava nisso todas as noites. O pai de Yūta era apenas um sorriso na fotografia do altar.

Ela se levantou, pegou o pratinho da oferenda de mapo tofu que tinha deixado ali durante o jantar, levou até a cozinha, cobriu com filme plástico e guardou na geladeira. Esse seria seu café da manhã no dia seguinte. Ao voltar para a sala, rezou diante do porta-retratos e só então foi para o quarto.

Yūta já dormia profundamente. Talvez estivesse cansado depois de ter chorado tanto. O rosto dele estava ficando cada vez mais parecido com o de Takeshi. Naomi queria educá-lo para ser igual ao pai. Embalando esse desejo no coração, cobriu-se com o edredom.

— Eu sempre venho fazer minhas compras nesse mercadinho de vocês, sabe? Mas com essa sua má vontade eu vou pensar duas vezes antes de voltar aqui...

A cliente idosa já completava quase cinco minutos repreendendo Naomi pela maneira como havia distribuído as compras nas sacolas.

— Você tem que aprender a tratar bem os clientes. Deixa eu ver o seu crachá. Sra. Konno, né? Eu vou ser obrigada a registrar uma reclamação com a loja. Você estragou meu dia!

Naomi manteve a cabeça baixa pedindo desculpas à mulher, que saiu irritada cuspindo as palavras até finalmente sumir de vista. Ao olhar o relógio da caixa registradora, se deu conta de que já passava das seis da tarde.

Bateu o cartão, trocou-se rapidamente e saiu da loja às pressas. A escolinha de Yūta cuidava das crianças só até as sete da noite — ou seja, depois das seis, quase todas já tinham ido para casa. As que ficavam para trás tinham de esperar pelos responsáveis sozinhas com a professora na sala de aula. Naomi já tinha visto essa cena triste várias vezes.

Ela não queria que Yūta sentisse essa solidão, ainda mais depois de perder o pai. Com essa ideia fixa, saiu correndo.

Chegou pouco antes das seis e quinze.

Ao entrar pelo portão do jardim, ouviu uma voz adorável:

— Ah! É a mamãe do Yūta!

Uma menina de trança e um homem corpulento e barbudo vieram a seu encontro. Era Miu Yonezawa, coleguinha de Yūta, e o pai dela. Miu parecia bem próxima do menino. Naomi se inclinou um pouco.

— Boa noite, Miu! — disse, sorrindo. Em seguida, levantou os olhos e cumprimentou o pai. — Dia puxado, sr. Yonezawa?

— Puxado, sra. Konno! A senhora também parece ter tido um dia daqueles...

— É, nem me fale.

— Mês que vem vamos fazer um churrasco no quintal de casa. Se puder, apareça com o Yūta! Tô me preparando pra ter carne até não poder mais! Só bife de Yonezawa!

— Hã?...

— Ah, é que... Sabe aquele tipo de wagyu que vem da região de Yonezawa? Como o nosso sobrenome é Yonezawa... A família Yonezawa vai comprar a carne, daí bife de Yonezawa... É só uma piadinha.

— Papai, foi péssima! — disse Miu ao seu lado, decepcionada.

O diálogo meio desajeitado arrancou uma risada de Naomi.

— Ih, não achou graça, então? Você é muito exigente, Miu!

O sr. Yonezawa sorriu, tentando esconder o constrangimento, e saiu pelo portão de mãos dadas com a filha. Com ternura no coração, Naomi observou os dois se afastarem. Ouvira dizer que a esposa do sr. Yonezawa estava internada com um câncer em estágio terminal. Diziam que no final do mês ela voltaria para casa e receberia cuidados paliativos. Cada família tem as próprias questões a encarar.

*Todo mundo segue em frente, apesar das dificuldades. Eu também tenho que fazer esse esforço.* Naomi sentiu que isso lhe dava um pouco mais de ânimo.

Na sala de aula, Yūta e a jovem professora encarregada, Miho Haruoka, se entretinham com um quebra-cabeça. Naomi viu que, infelizmente, ele era mesmo a última criança ali.

— Desculpa o atraso, Yū! — ela disse, mas, depois de espiá-la brevemente, o menino tornou a olhar para o quebra-cabeça.

— Espera um pouco, mamãe. Ainda não terminei aqui — ele disse de um jeito brusco que destoava de sua voz infantil.

A fase em que ele vinha recebê-la gritando "mamãe!" só se estendeu até os quatro anos e meio de idade. Ele parecia ter tomado consciência de que não era bem-visto ficar correndo atrás da mamãe na frente dos outros. Naomi se sentia um pouco abandonada, mas pensava que aquilo devia ser bom para um menino da idade dele.

A professora Haruoka dirigiu-se à criança, que seguia concentrada no quebra-cabeça:

— Yūta. Eu gostaria de conversar com a sua mamãe. Você pode esperar aqui só mais um pouquinho?

O coração de Naomi pulou. Tinha acontecido alguma coisa?

O menino fez uma careta, mas Haruoka o tranquilizou:

— Quando a gente voltar, você mostra o quebra-cabeça montado. Tô ansiosa pra ver!

Isso pareceu reanimá-lo de repente.

Haruoka levou Naomi à sala dos professores.

— Peço desculpas por incomodá-la a essa hora. Por favor, sente-se.

— Eu que peço desculpas pelo atraso. Com licença.

Naomi se sentou na cadeira dobrável e Haruoka logo fez o mesmo, colocando-se ao seu lado.

— Aconteceu algo de diferente com o Yūta em casa?

— Diferente? Como assim?

— Ele tem visto programas de TV assustadores, por exemplo, ou algo assim?

— Programas de terror? Não, eu não deixo ele assistir nada desse tipo... Aconteceu alguma coisa?

— Sim. Só um minutinho.

Haruoka se levantou e pegou uma pasta grossa da mesa dos professores. Dentro dela havia vários desenhos feitos com giz de cera pelas crianças.

— Hoje na aula da tarde nós fizemos desenhos. O Dia das Mães está chegando, né? Pedi para as crianças fazerem um desenho de suas mães para dar de presente depois. Bom... este aqui é o que o Yūta fez.

Quando viu a folha que a professora lhe entregou, Naomi ficou atônita.

As duas pessoas do lado direito do desenho deviam ser Yūta e ela. O edifício no meio era o prédio onde moravam.

Ele havia recriado de forma bem fiel o número de andares e apartamentos, além da entrada do edifício. O fato de o prédio parecer pequeno demais perto das pessoas era até fofo. A estranheza estava na parte superior do desenho.

Uma mancha cinza encobria o apartamento central do último andar.

Aquela era exatamente a unidade em que os dois moravam.

— Professora, mas essa mancha... Foi o Yūta mesmo quem fez?

O menino adorava desenhar. Quando terminava seus desenhos, ficava deitado no chão, admirando-os satisfeito. Naomi lembrava com carinho desses momentos, que ela chamava de "contemplação da obra". Não era possível que um menino que se orgulhava tanto de seus desenhos borrasse assim algum deles. Será que não era travessura de alguma criança que se sentava perto dele? Ela não queria acusar ninguém, mas era uma ideia que precisava ser cogitada. Adivinhando os pensamentos de Naomi, Haruoka disse:

— Claro, tem crianças que mexem no trabalho dos colegas quando fazemos desenhos ou atividades manuais. Às vezes não é nem por mal, mas sempre gera aborrecimento. É por isso que eu fico sempre de olho para ver se todos estão concentrados no próprio trabalho. Hoje, em especial, cuidei para que ninguém mexesse no desenho do Yūta.

— Entendi...

— Mesmo assim, não tenho como controlar como cada uma das crianças faz seus desenhos... Só percebi que tinha algo de estranho depois que ele terminou. Infelizmente, não sei te dizer como esse borrão cinza apareceu. Peço desculpas.

— Imagine, não tem por que se desculpar. É impossível controlar essas coisas tendo que cuidar sozinha de tantas crianças.

— Obrigada pela compreensão...

— Mas por que será que o Yūta fez isso?

— Na verdade, eu perguntei. E ele só me disse: "Não quero falar".

— Ele não quis contar?

— Como o Yūta adora desenhar e sempre fica feliz de comentar os trabalhos quando pergunto, fiquei bem preocupada. Me desculpe perguntar, mas... esse edifício é o prédio em que vocês moram, não é?

— Sim... A parte manchada... é o nosso apartamento.

— É o que imaginei. Fiquei pensando que ele podia ter visto alguma coisa assustadora em casa...

Naomi sentiu uma dor aguda no peito. Lembrou-se da noite anterior.

— Professora, na verdade, ontem...

Naomi contou sobre os rabiscos no chão e como o havia repreendido. Ela pretendia apenas relatar os fatos, mas foi se exaltando e, quando percebeu, estava desabafando todo o seu sentimento de culpa e os pensamentos autodepreciativos que a inundaram naquele momento. Depois de ouvi-la, Haruoka olhou Naomi nos olhos e disse gentilmente:

— Entendo o que aconteceu. Mas vocês fizeram as pazes depois, certo?

— Fizemos...

— E o Yūta entendeu direitinho por que você o repreendeu?

— Acho que sim. Faço o possível para que ele sempre entenda o motivo quando preciso dar uma bronca.

— Talvez tenha outro motivo, então. Veja...

Haruoka apontou para a imagem da mãe na folha.

— Ele desenhou o rosto da mamãe com muito carinho, viu? Ele não teria feito assim se ainda estivesse magoado.

— Você acha?

— Sim, e também acho que a senhora não precisa se preocupar tanto com isso. Vamos observar mais um pouco antes de querer tirar conclusões. Pode ser só uma birra.

— Muito obrigada. Fico mais tranquila.

— Acabei soando um pouco presunçosa, não foi? Me desculpe. Ah! Espere um pouco.

Haruoka se levantou e levou o desenho de Yūta até a impressora.

— Por enquanto, como esse desenho vai ser um presente de Dia das Mães, vou ficar com ele aqui. Mas, como a senhora parece intrigada, vou te dar uma cópia, pode ser?

— Obrigada. É muito gentil da sua parte.

— Imagine... Só peço que não conte ao Yūta que lhe mostrei o desenho. É para ser uma surpresa.

— Ah, uma surpresa? Haha, está bem, vou ter que praticar minha expressão de chocada!

Naomi fitava atentamente a cópia que havia recebido. Até que notou um detalhe.

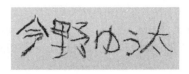

— Foi o Yūta que escreveu?

— Foi, sim.

— Ele já começou a aprender, então...

— Na semana passada fizemos um exercício em grupo para cada um aprender os ideogramas do próprio nome. No ano que vem eles já avançam para o primário, resolvemos começar logo os preparativos para essas lições.

— Faz sentido!

— Eu até me espantei com a rapidez com que o Yūta aprendeu a grafia do nome dele. Claro, o ideograma para "Yū" é mais complexo, então por enquanto ele só consegue escrever a sua leitura fonética,* mas já sabe todos os outros ideogramas!

— Impressionante...

Yūta estava crescendo tão rápido. Naomi sentiu-se um pouco melancólica e, ao mesmo tempo, feliz.

Quando as duas voltaram para a sala de aula, o menino já tinha terminado o quebra-cabeça e esperava com uma expressão orgulhosa. A professora Haruoka e Naomi o elogiaram. Embora um pouco encabulado, Yūta ficou contente. Não parecia haver nada de diferente nele... Naomi sentiu-se aliviada.


Quando saíram da escolinha, o céu estava tingido pelo vermelho do crepúsculo.

— Que fome — resmungou Yūta. Naomi também estava faminta. Contudo, já não tinha energia nenhuma para fazer o jantar.

— Yū, vamos comer fora?

Os dois passaram num restaurante familiar que ficava no caminho de casa. Quando foram embora, já estava completamente escuro. Eles deram as mãos e começaram a caminhar.

Saíram da avenida principal e entraram por uma viela; ao longe se via o prédio de casa. O corpo de Naomi se retesou involuntariamente. Ela lembrara do incidente do carro no dia anterior.

*Calma... está tudo bem. Quatro dias seguidos? Não pode ser...*

Foi quando ela ouviu um motor roncando ao longe, atrás deles. O ruído baixo e inquietante se aproximava devagar. Naomi se arrependeu de não ter ido direto para casa. Naquela escuridão, ninguém veria se acontecesse algo aos dois.

— Mamãe, tem um carro vindo atrás da gente...

— Eu sei. Não olhe pra trás.

— Por quê?

---

\* "Konno Yuuta", o nome do personagem em japonês, é escrito com quatro ideogramas: 今野優太. Eles são considerados comuns e relativamente simples de lembrar e escrever, com exceção do terceiro, 優 = Yuu. O que se vê na imagem com a assinatura do menino é que, no lugar do ideograma, ele usa os fonogramas de "yu" + "u" = ゆう. (N. T.)

— Porque estou dizendo que não é pra olhar.

Já podiam ouvir o som dos pneus atrás deles. A luz dos faróis acesos projetava as sombras de tamanhos diferentes no solo.

— Mamãe...

— Yū, corre!

Naomi apertou a mão de Yūta e os dois saíram desesperados.

O carro acelerou.

*Por quê? Quem? Com que intenção?*

Naomi estava quase chorando de medo. Precisava chegar em casa e trancar a porta o quanto antes. Só poderia retomar a calma em um lugar seguro.

Avistou a fachada do prédio.

— Yū, cuidado pra não tropeçar!

Os dois subiram os degraus, abriram a porta de vidro e saltaram para dentro do saguão do edifício.

O mundo ficou mais iluminado. Era a primeira vez que Naomi se sentia tão grata pelas lâmpadas fluorescentes. Ninguém chegaria ao ponto de entrar ali. Ela tentou fazer as pernas pararem de tremer e apertou o botão do elevador enquanto recuperava o fôlego. O número seis se iluminou. Descendo do sexto andar, a cabine levaria uns dez segundos para chegar ao térreo.

Naomi se virou receosa para a entrada e percebeu algo estranho. O lado de fora da porta de vidro parecia vagamente iluminado. Era um farol. O carro havia parado na frente do edifício. Nesse instante, um barulho soou na rua: o ranger da porta abrindo. Não era possível... A pessoa estava saindo do veículo?

O elevador havia acabado de passar do quarto andar. Ela até pensou em correr para a sala do zelador, mas lembrou que ele não estaria lá naquele horário. Eles não tinham para onde fugir.

— Yū, e se a gente for por aqui?

Ela apontou para a porta ao lado do elevador, com uma placa indicando: "Escada". Yūta protestou:

— Até o sexto? Sem chance!

Ele tinha razão. A própria Naomi não estava tão confiante de que conseguiria subir correndo com as pernas trêmulas.

Olhou de novo para a porta de vidro. Pensando bem, não tinha ouvido a porta do carro fechar — mesmo algum tempo depois de ter sido aberta. A pessoa tinha deixado o carro aberto para espreitá-los ali na entrada? Apesar de assustada com a ideia, parecia improvável que alguém os atacasse naquele momento.

Após longos segundos, o elevador chegou. Ela se lançou para dentro, puxando Yūta pela mão, e apertou afobada o botão do sexto andar. A porta começou a fechar lentamente.

*Vai logo... Vai!*

Foi nesse instante que Naomi distinguiu, pela fresta do elevador que se fechava, a silhueta de uma pessoa do outro lado da porta de vidro. Ela usava um casaco cinza que cobria o corpo todo, e seu rosto estava escondido por um capuz, mas pelo porte físico parecia ser um homem.

*Quem será...?*

Eles chegaram ao sexto andar. Só mais alguns passos e estariam em casa. A tensão acabaria. Enquanto andavam pelo corredor, Naomi disse:

— Desculpe te fazer correr assim de repente, Yū. Você suou muito? Chegando em casa, vou preparar a banheira pra você.

— Eu quero ver vídeos no YouTube antes do banho.

— Bom, mas você pode ver depois do...

Antes de concluir a frase, ela percebeu outra vez a presença estranha atrás deles. Na verdade, não era bem uma presença. Era um som.

— O que foi, mamãe?

— Desculpa, Yū. Fique quietinho um pouco...

Ela escutou com atenção. "Huf... huf..." Eram arquejos abafados, como alguém que tenta a todo custo controlar a respiração ofegante. O som vinha da direção da porta que levava às escadas. Seu coração acelerou.

*Ele nos seguiu pelas escadas?*

O homem de casaco devia ter subido correndo depois que Naomi e o menino entraram no elevador. Mas como ele sabia que o apartamento ficava no sexto andar? Ela se deu conta: deve ter sido logo antes, quando Yūta reclamou. *Até o sexto? Sem chance!* Ele deve ter escutado do lado de fora.

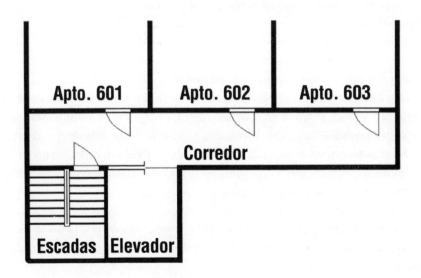

O que poderia fazer? Daria para voltar para o elevador, descer até o térreo outra vez e correr para fora. Mas assim teria que se aproximar *daquela porta*. De jeito nenhum... Seu corpo travou. O apartamento já estava diante deles. Não havia o que fazer a não ser entrar.

Ela tirou a chave da bolsa. Sua mão tremia. Foram vários segundos até finalmente conseguir encontrar o buraco da fechadura. Um rangido estridente veio das escadas. A pesada porta corta-fogo se abriu devagar.

*Ele está vindo!*

Naomi concentrou toda a sua atenção na ponta dos dedos para virar a chave, girou a maçaneta e abriu a porta o mais rápido que pôde. Primeiro fez Yūta entrar e, depois, espremeu o próprio corpo pela abertura. Fechou-a no mesmo instante, trancando com a chave e prendendo a corrente interna, ainda sem conseguir parar de tremer. Espiou pelo olho mágico, mas não enxergou o homem lá fora. Ficou ainda um bom tempo observando o corredor. O homem não os havia seguido.

— Meu Deus...

Todas as suas forças se esvaíram e ela desabou de joelhos no chão.

— Mamãe... tá tudo bem?

— Sim... Tá tudo bem agora... ou vai ficar.

Enquanto se recompunha, também ficava mais consternada. Por que aquele homem ficou esperando os dois? Ele teve um bom tempo entre o instante em que eles saíram do elevador e o momento que entraram no apartamento. Se quisesse, poderia tê-los abordado nesse intervalo. Mas ficou o tempo todo escondido na escadaria.

Ela se lembrou do rangido que ouvira havia pouco tempo. Então foi por isso que ele escolheu aquele momento para abrir a porta?

*Só pode ser...*

Naomi estava se dando conta de que havia cometido um grande erro: o homem *viu em qual apartamento os dois entraram*.

*Eu acabei mostrando a ele... onde moramos...*

Ela não conseguiu dormir até perto do amanhecer. Sentou-se no sofá da sala, observando aflita a entrada do apartamento. E se alguém com uma faca ou um pé de cabra arrombasse a porta e entrasse? Essa ideia não saía de sua cabeça.

Deveria ligar para a polícia? Mas não havia sofrido nenhum dano de fato, eles não considerariam que havia qualquer crime ali. Acima de tudo, ela tinha os próprios motivos para não querer falar com a polícia.

*O que eu posso fazer, então?*

Sem forças, deixou a cabeça cair. De repente, viu de relance a folha que havia deixado sobre a mesa, a cópia que a professora Haruoka fizera do desenho de Yūta.

62

*Fiquei pensando que ele podia ter visto alguma coisa assustadora em casa...*
Talvez o menino também tivesse notado a presença daquele homem em algum lugar. Será que foi essa a tensão que tentou expressar no desenho? Ela se comoveu pensando no que o menino estaria sentindo depois de tudo que haviam passado. Precisava resolver isso logo.
*Take... Proteja a gente, por favor...*
Naomi buscou o altar de Takeshi com o olhar.
Já passava das quatro da manhã, e o céu começava a clarear. Em duas horas, ela teria de encarar mais um dia.
*Preciso dormir pelo menos um pouco...*
Arrastando o corpo, que parecia feito de chumbo, Naomi entrou no quarto. Arrumou as cobertas emaranhadas de Yūta e deitou no futom ao lado dele. Pôs o alarme para as seis e, ao fechar os olhos, perdeu a consciência em poucos segundos.

No mesmo instante em que despertou, Naomi foi tomada por um pressentimento terrível. O sol da manhã que atravessava a janela parecia mais claro do que o normal. Quando olhou o relógio, viu que já passava das sete e meia.
— Essa não...
Pulou da cama. Em um dia normal, a uma hora dessas ela já estaria saindo de casa.
— Yū, acorda! Acho que acabei dormindo demais!

Naomi gelou ao ver o futom ao lado.

Yūta não estava lá.

— Ele deve estar no banheiro — murmurou, tentando se acalmar, e foi procurá-lo.

Mas Yūta também não estava no banheiro. Nem na sala, na cozinha, na varanda, no guarda-roupa. Ele não estava em lugar nenhum.

O coração de Naomi parecia prestes a saltar pela boca.

*Será que ele saiu? Não é possível... Ele nunca saiu sozinho na vida...*

Ela calçou as sandálias e estava prestes a abrir a porta quando reparou que a fechadura não estava trancada. A corrente havia sido aberta. Olhando para baixo, viu que os sapatos de Yūta haviam sumido da entrada.

Naomi abafou um grito.


MIHO HARUOKA

— Certo... Sim. Mantenha contato, por favor, e nós também vamos fazer o possível para ajudar por aqui. Espero que esteja tudo bem. Não, não é problema nenhum. Está bem. Nos falamos depois, então.

A professora colocou o telefone no gancho.

— Aconteceu alguma coisa, Haruoka? — inquiriu Isozaki, uma colega veterana que estava perto dela.

— Na verdade...


Alguns minutos antes, ela estava na sala dos professores, concentrada nas suas tarefas de organização para o turno matutino, quando o telefone tocou. Era Naomi, a responsável por Yūta Konno.

— Aqui é a Naomi Konno! Desculpe te incomodar, sei que deve estar ocupada. O Yūta... o Yūta Konno por acaso está aí?

Mesmo por telefone, era evidente que a mulher estava em pânico. Haruoka teve de recorrer a algumas técnicas que aprendera ao longo de sua formação como professora infantil, estratégias para enfrentar situações de estresse.

— Sra. Konno? Está tudo bem? Antes de tudo, respire fundo. Inspire... expire... inspire... expire... Consegue me contar o que aconteceu?

Embora ainda abalada, Naomi contou que Yūta havia desaparecido de casa.

— Isso é mesmo preocupante... Pelo que eu sei o Yūta ainda não veio para cá.

— Se ele não está aí... Aonde ele foi, afinal?

— A senhora já avisou a polícia?

*A polícia...*

Naomi hesitou.

— Não... É o que pretendo fazer. Então... já deixo a notificação à escola de que ele vai se ausentar das atividades. Assim que encontrá-lo, aviso vocês. Peço desculpas pela preocupação!

Ela desligou o telefone apressada.

— Puxa, que situação assustadora... Me conte quando tiver notícias.

Ao ouvir o relato de Haruoka, Isozaki logo se despediu e saiu da sala dos professores. Poderia até parecer insensível, mas Haruoka entendia muito bem que não era o caso.

Isozaki era responsável por cuidar da turma dos bebês, com crianças de zero a dois anos. Poucos segundos de desatenção poderiam colocar a vida de alguma delas em risco. Naturalmente, não sobrava muito tempo para se inteirar das questões de outras turmas.

Sozinha na sala dos funcionários, Haruoka pensava em Yūta. Já fazia dois anos que ele estava sob sua responsabilidade. Mesmo que as turmas de crianças ficassem pouco tempo com ela, logo prosseguindo para o ensino fundamental, Haruoka se apegava a todos como se fossem seus próprios filhos. Ela queria sair imediatamente pelas ruas para procurar Yūta.

No entanto, as outras crianças logo começariam a chegar. Precisava ser profissional.

Haruoka se levantou e dirigiu-se à sala de aula.

A turma dos mais velhos, da qual era encarregada, tinha vinte e duas crianças matriculadas. Naquele dia vieram vinte e uma, todas menos Yūta. Os alunos já passavam dos cinco anos, e, em comparação à turma de bebês de Isozaki, não lhe davam tanto trabalho. A essa altura, porém, a personalidade de cada uma delas estava se fortalecendo, e algumas já exibiam o tipo de astúcia ou malícia que deixava os adultos sem jeito. Não dava mais para ser sempre a "professora boazinha". Ela tinha que saber alternar num piscar de olhos entre a face de um buda e a face de um ogro, como numa ópera chinesa clássica.

— Certo, pessoal, vamos fazer silêncio! Vou fazer a chamada. Respondam quando ouvirem o seu nome, sim?

Um grupo de meninos mais agitados continuou a fazer estardalhaço, sem dar a menor atenção ao que Haruoka dizia.

*Hora de vestir a máscara de ogro...*

Mal lhe viera esse pensamento e a barulheira deles parou espontaneamente quando uma voz ecoou alta pela sala:

— Professora! Por que o Yūta não veio?

Era Miu Yonezawa. Ela se sentava ao lado dele e estava sempre atenta ao colega. Embora às vezes o menino expressasse aborrecimento pela constante intromissão da amiga, não se ressentia dela; os dois se davam bem.

— Bom, o Yūta... ele vai faltar hoje. Ele tinha umas coisas para fazer em casa.

— Ué? Ontem ele não me disse nada... Amanhã eu pergunto pra ele!

*Droga*, a professora pensou. *Eu não devia ter mentido de forma tão imprudente.* Por outro lado, não seria nada bom alarmar as crianças dizendo que ele havia desaparecido. Ela não tinha ideia de qual era a coisa certa a dizer numa situação dessas...

NAOMI KONNO

A conversa ao telefone com Haruoka havia ajudado Naomi a retomar um pouco a calma. Percebeu que ainda estava de pijama. Vestiu-se apressada e desceu para a sala do zelador, no térreo.

O homem, que já passava dos cinquenta anos, digitava algo no computador da recepção, sonolento.

— Desculpe, com licença. Eu sou a Naomi Konno, do 602. Acho que meu filho saiu sozinho e não sei pra onde ele foi... Por acaso o senhor poderia me mostrar as imagens das câmeras de segurança?

O sujeito espiou o rosto de Naomi e respondeu aborrecido:

— Até posso, só que como a taxa de condomínio é baixa, as únicas câmeras que temos são aquelas ali da entrada. Pode ser?

— Claro! Não tem problema algum.

— Certo... Espera um pouquinho.

O zelador bateu ruidosamente nas teclas do computador.

— Bem, que horas mais ou menos o seu filho sumiu?

— Tenho certeza que foi antes das sete e meia, mas não sei exatamente o horário.

— Antes das sete e meia. Hum... Por acaso seria esse menino?

Do outro lado da recepção, Naomi se aproximou para olhar o monitor. Viu a imagem de Yūta correndo sozinho para fora do prédio.

— Isso mesmo! É ele!

Por um momento, seu coração se acalmou um pouco.

*O Yūta tinha saído sozinho...* Pelo menos não era nada relacionado ao homem da noite anterior.

— Desculpe atrapalhar o senhor. Muito obrigada.

— Tudo bem, eu nem estava tão ocupado assim. Mas a senhora deve estar preocupada, é um menino pequeno, né? Quer que eu ligue para a polícia?

— Não precisa... Está tudo bem.


MIHO HARUOKA


O turno da manhã na escolinha foi corrido, como em qualquer outro dia.

Depois do almoço, era hora da soneca das crianças. Com exceção dos encarregados de cuidar delas, praticamente todos os professores ficavam na sala dos funcionários. Não era sempre que tinham tempo livre, então aproveitavam para descansar um pouco e cuidar das próprias coisas.

Haruoka também retornou à sua mesa e começou a tratar de algumas tarefas administrativas — mas não conseguia se concentrar de jeito nenhum. A situação de Yūta lhe preocupava. Passou a manhã toda focada em cuidar do resto da turma e se deu conta de que estava se esquecendo do problema. Não tinha recebido mais nenhum telefonema de Naomi. Ela ainda não devia tê-lo encontrado.

Lembrou-se de súbito do desenho do dia anterior.

Passou um bom tempo examinando a folha que tirou da pasta de Yūta. O apartamento que havia sido manchado de cinza. O desenho e o desaparecimento — será que havia alguma relação entre as duas coisas?

Qual seria a explicação psicológica daquele borrão encobrindo o lugar onde ele morava?

Haruoka se recordou da época em que ainda estava cursando a licenciatura em educação infantil. Nas aulas de psicologia do desenvolvimento, uma professora convidada apresentara uma palestra sobre desenhos. Ela, que já era uma psicóloga veterana, enfatizou a importância de prestar atenção nos desenhos das crianças para entender o que elas sentem.


— Talvez vocês se espantem com essa história, pessoal... — disse a palestrante, desenhando então um quadrilátero de giz na lousa. — Vamos lá. Isso é um losango. Também poderíamos chamar de formato de diamante. Por favor, desenhem essa figura nos seus cadernos.

Mesmo sem entender o motivo de ela pedir aquilo aos alunos, Haruoka desenhou o losango no canto de uma folha solta.

— Pronto? Alguém aí achou muito difícil? — brincou a professora.

Ouviram-se risos secos pela sala de aula.

— Ninguém, né? Para nós adultos é fácil. E o que acontece quando pedimos o mesmo para uma criança pequena?

A palestrante afixou uma folha no quadro negro.

— Esse é o losango que o Kensuke, uma criança de três anos da minha família, fez.

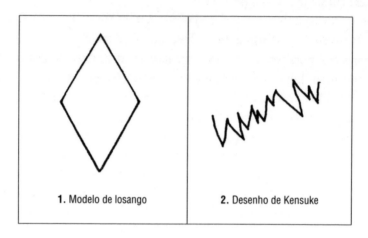

1. Modelo de losango    2. Desenho de Kensuke

Começou um burburinho. A forma não parecia nada com um losango, era apenas uma linha serrilhada.

— Alguém enxerga um losango aqui? Acontece que o Kensuke tentou reproduzir o traçado enquanto olhava o desenho de um. O resultado foi essa linha serrilhada. Ele não fez por brincadeira, e ele também não tem nenhum problema de desenvolvimento cognitivo. Na verdade, muitas crianças desenham losangos assim.

A atenção dos estudantes estava voltada inteiramente às palavras da psicóloga. Com uma expressão satisfeita e um ar ligeiramente orgulhoso, ela prosseguiu:

— Quando viu o desenho do losango, o Kensuke deve ter pensado: "Se eu tocar nisso aí, vai doer". Observem, a forma do losango tem pontas que parecem afiadas, não? Para ele, a primeira coisa que veio à mente foram seus dedos tocando essa parte pontuda. As crianças têm uma imaginação bem ativa. Ele deve ter imaginado a dor que sentimos ao tocar algo afiado. Foi essa a dor que ele tentou expressar no desenho.

A professora apontou para a linha serrilhada.

— Nós adultos conseguimos fazer o desenho do "objeto real" que observamos com nossos olhos. A criança, por outro lado, desenha a "imagem" que vem à sua mente. Como os artistas, não é mesmo? Não estão erradas as pessoas que dizem que "todas as crianças são artistas"...

\* \* \*

Enquanto encarava o desenho de Yūta, Haruoka se lembrava das palavras da professora.

A criança não representava o "objeto real", mas a "imagem" dele em sua mente... Haruoka se perguntou se, enquanto fazia aquele desenho, o menino tinha em mente alguma mancha cinza.

A professora queria entender os sentimentos de Yūta. Ela pegou a folha e foi até a sala da turma.

Na sala vazia, pegou papel e giz de cera da própria mesa. Então, olhando o trabalho de Yūta, tentou reproduzi-lo. Haruoka não esperava descobrir muito com esse experimento. Ainda assim, pensou, talvez colocando a mão na massa pudesse se aproximar ao menos um pouco do estado mental do menino quando o fez.

Ela pegou o giz de cera preto. Primeiro, traçou a construção no centro da folha. Em seguida, com o giz cinza, pintou o apartamento no meio do sexto andar.

Ao fazer isso, as linhas que até então eram pretas se misturaram ao giz cinza e ficaram borradas, criando uma combinação de cores sinistra. Haruoka sentiu um desconforto. Tinha algo de errado.

Resolveu comparar o próprio desenho ao de Yūta. Foi aí que notou um detalhe curioso.

**Desenho de Haruoka**

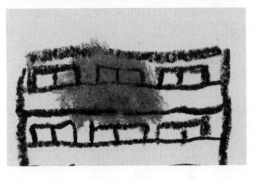

**Desenho de Yūta**

No desenho do menino, o preto e o cinza não se misturavam.

Era possível distinguir as linhas pretas na parte encoberta de cinza. Se ele havia aplicado força o bastante para colorir, o cinza deveria ter borrado as linhas pretas. Por que isso não aconteceu?

Haruoka refletiu por um tempo e chegou a uma resposta bastante simples.

— É isto: *o prédio foi desenhado depois*.

Yūta não tinha pintado o seu apartamento de cinza. Aquela parte da folha havia sido manchada antes de tudo, e só depois ele traçou o prédio. A linha preta foi desenhada por cima do cinza... Isso explicava por que as linhas não tinham borrado. Porém...

*Yūta, por que você fez isso?*

Ela observou tudo mais uma vez. Um ponto, então, chamou sua atenção.

O cinza escapava um pouco dos contornos da construção. Apenas ali, por algum motivo, a cor se misturava e borrava a linha preta. Isso deu a ela a impressão de que *apenas a linha de contorno havia sido feita antes da mancha cinza*. Haruoka tentou organizar um pouco aquelas ideias confusas.

Yūta começara desenhando o retângulo vertical que servia de contorno do prédio. Depois, pintara a parte cinza no topo dessa estrutura, e só aí acrescentou os apartamentos. Contorno, mancha, apartamentos. Qual era o significado desse processo tão incomum?

A porta da sala se abriu de repente. Quando ergueu a cabeça, Haruoka viu Isozaki.

— Desculpe te atrapalhar! Você sabe se já encontraram o Yūta?

— Não, acho que ainda não.

— Sério? E a polícia não vai passar aqui?

— Hã?

— Sabe... Aconteceu algo parecido em outra escola onde eu trabalhei, com uma menina de seis anos. De uma hora pra outra, ela sumiu de casa. Foi uma confusão com a polícia... No fim das contas, encontraram ela rápido. Parece que tinha ido visitar a avó, que morava num bairro próximo. Por sorte ela estava bem,

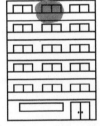

mas os policiais visitaram a escola naquela manhã e fizeram um monte de perguntas, foi uma dor de cabeça. Estranhei que até agora não teve nada disso.

— Agora que você falou, é verdade...
— Talvez eles tenham recebido orientações diferentes da delegacia, né? Bom, desculpe te distrair com essas coisas.
— Imagina, agradeço pela preocupação!
— Aliás, o que você está aprontando aí?
— Ah...

Haruoka explicou o que havia descoberto até o momento.

— Fiquei pensando no que Yūta estava sentindo ao pintar esse pedaço aqui. O que acha, Isozaki?
— Vejamos... Não tem a possibilidade de ele ter tentado corrigir alguma coisa?
— Como assim?
— Diferente do lápis, não dá pra usar a borracha para apagar o giz de cera, certo? Daí algumas crianças rabiscam por cima quando erram algo em um desenho.
— Ah!
— Desculpe, preciso ir. Se precisar de alguma coisa, me avise!

Isozaki saiu depressa para o corredor.

Sentada sozinha, Haruoka permaneceu atônita por um momento.

Como não havia cogitado isso até agora? Ficara tão obcecada com a estranheza do ato de pintar a própria casa de cinza que nem pensara na possibilidade de ele ter tentado pintar por cima de outro desenho...

Seus olhos se voltaram para a caixa de giz. Para apagar algo num desenho, qual cor uma criança usaria? A resposta era óbvia: branco.

Era compreensível mesmo pensando como um adulto. Assim como usamos corretivo branco para cobrir uma letra errada escrita à caneta, uma criança tentaria apagar um erro num desenho com giz de cera branco. Mas o giz é diferente do corretivo líquido. Ao passá-lo por cima de outra cor, elas acabam se misturando.

Ou seja, Yūta não havia pintado nada com o giz cinza — ele provavelmente havia usado a cor branca para tentar apagar algo desenhado em preto. Com isso, as duas cores se fundiram, criando aquela mancha acinzentada.

Haruoka correu até os armários das crianças, nos fundos da sala. Abriu o de Yūta e puxou a caixa com os gizes. Após abrir a tampa, examinou o giz branco: a ponta estava pintada de cinza, conforme previu. O pigmento escuro havia aderido e se misturado quando o menino passou por cima do preto.

Haruoka repassou as informações mais uma vez.

*Primeiro Yūta desenhou o contorno do prédio. Depois, bem no meio, desenhou alguma coisa com o giz preto. O que quer que fosse, ele achou que havia errado e usou o giz branco para pintar por cima e apagar. O branco e o preto se misturaram, fazendo a mancha cinza. Por cima disso, ele colocou os apartamentos para completar o desenho do prédio...*

Sendo assim, a dúvida restante era do que se tratava o "erro" original. Ela não poderia entender o que tudo aquilo significava enquanto não descobrisse isso.

*Se eu tivesse observado melhor o que o Yūta estava fazendo...*

Antes que terminasse de falar, teve uma epifania. Havia sim uma pessoa na mesma sala de Yūta que estava sempre atenta, observando o que ele fazia. Para falar com ela, Haruoka saiu em direção à sala da soneca.

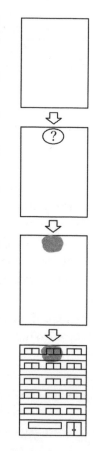

Ainda restavam cerca de vinte minutos da hora da soneca, mas algumas crianças já estavam acordadas, embora permanecessem deitadas nos futons. Miu Yonezawa estava entre elas.

Com a autorização da professora que estava cuidando das crianças, Haruoka levou Miu até a sala ao lado.

— Desculpe te incomodar, Miu! Chamei você no meio da sua sonequinha, né?

— Imagina, professora. Não tem problema, eu nem tava mais dormindo.

— Que bom. Eu queria te perguntar uma coisa. Você lembra que ontem a gente fez um desenho na aula?

— Lembro! O desenho pra mamãe.

— Isso mesmo. É que eu estava tentando lembrar qual foi o desenho que o Yūta fez, mas acho que esqueci...

— Ué? Esqueceu?

— Isso. Você se lembra dele, Miu?

— Lembro! É... era um desenho do Yūta com a mamãe dele em pé do lado do prédio!

— Ah, bem lembrado!

— Hehe!

— Mas eu estava pensando em como foi que ele fez esse desenho. Por acaso você viu o Yūta desenhando, Miu?

— Vi! Vi, sim!

Haruoka sentiu seus batimentos acelerando.

— E você pode me contar como foi que ele desenhou tudo?

— Deixa eu pensar... Primeiro, o Yūta desenhou um retângulo grandão com o giz.

— Um retângulo grandão? E depois?

— Depois... ele fez um triângulo pequenininho.

— Um triângulo?

— Aham! Um triângulo pequenininho dentro de um retângulo grandão. E daí... Hum...

Miu não lembrava bem o que ele fizera depois disso porque passara a se concentrar no próprio desenho.

Haruoka agradeceu a menina, levou-a de volta até o dormitório e retornou à sala de aula. Graças a Miu, havia descoberto uma informação crucial.

*Então o Yūta primeiro desenhou um retângulo grande. E, dentro dele, um triângulo pequeno, que ele borrou com o giz branco. Depois disso, adicionou os apartamentos e completou o desenho do prédio.*

A partir dessa sequência de ações, um fato veio à tona: a princípio, Yūta *pretendia desenhar outro objeto*, não um prédio.

Uma pequena forma triangular dentro de um retângulo... Talvez pretendesse acrescentar outros detalhes para finalizar o desenho. Só que acabou desistindo e decidiu aproveitar a forma que já estava na folha.

*Ele deve ter considerado que, se acrescentasse os apartamentos, seria possível transformá-lo no desenho do prédio em que mora.*

Mais ou menos como a gente escreve sobre os traços das letras erradas para transformá-las nas letras certas. Mas por que Yūta recorrera a esse truque?

Em suas aulas, Haruoka sempre entregava uma folha nova quando as crianças erravam alguma coisa, e em muitas ocasiões o menino já havia feito esse tipo de pedido à professora. Então por que somente naquele dia havia se resignado a corrigir o desenho na mesma folha? Haruoka não conseguia imaginar uma razão. Ele havia escondido o que fizera — que pretendia fazer uma imagem diferente.

Quisera esconder de Haruoka o próprio fato de ter começado esse outro desenho.

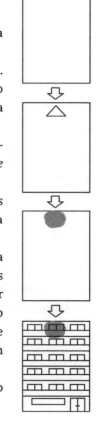

Afinal, qual havia sido esse outro desenho que Yūta havia se dado ao trabalho de ocultar? Haruoka decidiu voltar à raiz da questão.

O tema proposto para a atividade era "a minha mãe", e ele havia retratado Naomi de mãos dadas consigo no canto direito da folha. Aqui, Haruoka se deparou com uma dúvida básica... O que Yūta havia desenhado primeiro: as figuras humanas ou as formas geométricas?

Ela lembrou a conversa que havia acabado de ter com Miu. A menina dissera com toda a certeza:

*Deixa eu pensar... Primeiro, o Yūta desenhou um retângulo grandão com o giz.*

Ou seja, ele havia começado pela forma. Isso lhe causou uma sensação incômoda.

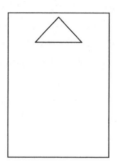

Ao ouvir que o tema era "a minha mãe", a primeira coisa que Yūta desenhou foi aquela figura peculiar. Ela se perguntava qual teria sido a intenção dele com isso. Após uma longa reflexão, Haruoka chegou a uma conclusão enigmática: e se o retângulo fosse uma representação da mãe dele?

À primeira vista, não se parecia em nada com Naomi; era uma forma inorgânica. No entanto...

*Nós adultos conseguimos fazer o desenho do "objeto real" que observamos com nossos olhos. A criança, por outro lado, desenha a "imagem" que vem à sua mente.*

Yūta deve ter desenhado essa forma geométrica inconscientemente ao pensar em fazer uma representação da mãe. Foi essa a imagem que lhe veio à mente. E, para o menino, aquilo era um segredo que devia ser escondido a qualquer custo.

Com esse lampejo, os fragmentos de informação espalhados pela mente de Haruoka assumiram suas posições corretas de uma vez só, formando — como num quebra-cabeça terrível — uma imagem assustadora.

*Naomi agrediu Yūta.*

Ela não queria acreditar. Queria que fosse apenas um mal-entendido.

Enquanto andava pelo corredor que dava na sala de aula, Haruoka tentava reajustar aquele quebra-cabeça mentalmente. Mas, por mais que tentasse, sempre chegava à mesma imagem. Somando-se isso à situação de agora, era ainda mais difícil considerar outra alternativa.

Por que a polícia ainda não havia entrado em contato?

Porque Naomi não os havia notificado. Ela devia sentir alguma culpa para não querer envolver a polícia.

E por que Yūta teria saído de casa sem dizer nada?

Poderia estar fugindo de Naomi.

E, ainda por cima, aquelas formas que ele tinha desenhado... Haruoka lembrou, então, de relacioná-las a mais uma coisa: um retângulo com um buraco triangular... a régua de desenho.

Duas noites antes, ele usara a régua para fazer uma travessura e Naomi lhe deu uma bronca. Na tarde anterior, o tema proposto havia sido justamente "um desenho da sua mãe". Yūta deve ter tentado representar essa cena. Ele podia ter levado em conta o sorriso, a voz gentil, o cheiro reconfortante de Naomi... Ainda assim, a imagem da régua foi a primeira coisa que lhe veio à mente, antes de todo o resto. Para chegar a esse ponto, a bronca da mãe devia ter marcado Yūta com um trauma intenso.

No entanto... somente o fato de ter sido repreendido poderia tê-lo ferido tanto?

Haruoka recapitulou sua conversa com Naomi no dia anterior. Ela chorava, parecia estar arrependida das próprias atitudes... Parecia até que estava se martirizando. Haruoka nunca vira um responsável se lamentar tanto por gritar com uma criança. Se um pai de filhos pequenos chorasse toda vez que precisasse discipliná-los, em poucos dias ficaria desidratado.

Talvez ela tivesse feito algo mais do que só repreender o menino.

Era impensável que Naomi tivesse dado socos ou pontapés em Yūta por pura maldade. Talvez tivesse exagerado em algum castigo físico. Ainda assim, sofrer pela primeira vez uma violência da mãe, em quem tanto confiava, devia ter perturbado o coração do menino. Ele podia ter relacionado a imagem da régua de desenho com esse sentimento doloroso.

Mesmo se isso tudo fosse verdade, Haruoka não se sentia inclinada a condenar Naomi. Trabalhar fora e criar sozinha uma criança não era nada simples. Todo dia devia ser uma luta. Cansaço, ansiedade, solidão — em consequência de todas essas coisas acumuladas, levantou a mão contra o filho impensadamente. Podia acontecer a qualquer um.

O problema, entretanto, estava no fato de que ela se recusou a contatar a polícia por medo de que isso fosse revelado. Nesse meio-tempo, Yūta corria o risco de ser sequestrado ou sofrer algum acidente. Haruoka precisava ter uma conversa com ela naquele instante.

*Está tudo bem. Ninguém vai acusá-la de nada, fique tranquila. Vamos pedir logo ajuda à polícia, assim poderemos encontrar o Yūta o quanto antes.*

Haruoka entrou na sala dos professores e ligou para o celular de Naomi.

NAOMI KONNO

— Por favor, não me ligue novamente! Eu não quero falar com gente que nem você nunca mais!

Esquecendo-se de que estava numa área residencial silenciosa, Naomi gritou furiosa a plenos pulmões, reunindo toda a força do corpo no dedão para apertar o botão de desligar a chamada. Não bastou. O que ela queria mesmo era atirar o celular no chão.

Naomi estava desde a manhã percorrendo a vizinhança em busca de Yūta. Visitou cada casa do bairro para perguntar sobre o menino. Foi aí que recebeu aquele telefonema da escola, da professora encarregada dele, Haruoka.

Não havia nada mais insultante que ela pudesse ter dito a Naomi.

*Professora de merda! Insinuando que eu bati no Yūta!*

A frustração que sentia era insuportável — havia sido tratada como uma mãe abusiva pela pessoa em quem tinha confiado.

*Que absurdo! Inacreditável! Eu nunca levantei a mão para o Yūta!*

*Claro que quando eu era criança os pais achavam normal surrar os filhos. Minha mãe costumava recorrer à violência, mas por isso mesmo eu me prometi que jamais faria uma coisa dessas com meus filhos. Não sou uma mãe perfeita, mas nunca faria nada que pudesse machucar o Yūta. Ponto. Juro por todos os deuses...*

Dentro de sua cabeça, ela continuava a gritar.

Sem que percebesse, seus olhos transbordavam de lágrimas. Era uma ideia que ia contra tudo o que ela acreditava. No entanto, ironicamente, graças a Haruoka ela teve uma epifania. Já sabia um lugar aonde Yūta poderia ter ido.

*Um triângulo dentro de um retângulo... Não tem nada a ver com a régua de desenho. Deve ser...*

Ela abriu os números salvos do celular e desceu até um que não contatava havia vários anos, e então ligou. Yūta com certeza estaria lá.

Após alguns toques, uma voz masculina rouca atendeu.

— Cemitério Sakura, boa tarde.

— Olá. Estou entrando em contato para perguntar se, por acaso, um menino pequeno não apareceu por aí hoje.

— Ah! A senhora é a responsável pelo Yūta?

— Sim, sou eu!

— Que bom! Pode ficar tranquila. Estamos com ele aqui agora mesmo.

Finalmente ela sentiu-se livre da tensão que dominava seu coração desde cedo. Não conseguindo se manter em pé, Naomi se agachou.

— Muito... muito obrigada. Já vou buscá-lo.

O cemitério Sakura ficava a uns dez minutos a pé do prédio onde moravam. Mesmo sendo uma distância pequena, Naomi não a havia percorrido nenhuma vez nesses últimos anos. Pelo contrário, até evitava passar pela região. Era um local que estava ligado de um jeito pesado ao seu destino.

Ao entrar na pequena sala de administração próxima à entrada, apresentou-se a um homem de meia-idade sentado na recepção.

— Com licença... Sou Naomi Konno, liguei agora há pouco.

Ao vê-la, o homem abriu um sorriso alegre.

— Ah! Estava esperando a senhora.

— Peço mil desculpas por todo o incômodo...

— Imagine, imagine! Não foi nada. O Yūta está na salinha dos fundos, vamos lá.

Enquanto caminhavam, ele contou o que tinha acontecido.

— Foi uma hora atrás, por aí. Uma visitante me avisou que tinha um menininho perambulando entre os túmulos há um tempão, que devia ter se perdido dos pais. E quando fui ver, lá estava ele, andando e olhando pros lados, procurando alguma coisa. Conversei com ele, perguntei o que tinha acontecido e ele me respondeu: "Tô tentando achar o túmulo da minha mãe". Olha, não sei bem as circunstâncias, mas fiquei espantado. Ainda mais sendo um menino tão pequeno. Ele ter vindo sozinho até o cemitério... é admirável.

*Então foi isso mesmo*, pensou Naomi. Ele foi procurar a mãe *verdadeira*.

Um triângulo dentro de um retângulo... Yūta queria ter desenhado um túmulo. Provavelmente havia parado enquanto escrevia na vertical o sobrenome da família. Miu Yonezawa havia confundido com um triângulo a parte superior do ideograma 今, "Kon".

Sendo assim, Yūta...

YŪTA KONNO

Daquele dia, restava-lhe somente o barulho incessante do canto das cigarras.

Yūta usava um chapéu de palha sob o sol escaldante que brilhava no céu azul, e seu pai lhe dizia algo num tom gentil. O menino nunca conseguia lembrar exatamente quais eram suas palavras.

Só lembrava-se da *grande pedra* diante dos dois. Uma pedra alta e retangular. Nela, havia seis símbolos gravados.

Foi só muito depois que ele descobriu o que "túmulo" significava. Quando tinha quatro anos, a imagem apareceu num livro ilustrado que a professora lia em voz alta.

Uma pedra alta e retangular... Quando a viu, Yūta já sabia. Naquele dia, o que tinha visto com o pai era um túmulo. A professora lhes dissera: "Embaixo dessa pedra dorme uma pessoa que já se foi". O menino ficou pensativo.

Quem será que dormia embaixo daquele túmulo?

Poucos dias antes de toda aquela confusão, ele tinha descoberto a resposta a essa pergunta. A professora da escolinha dissera:

— Pessoal, a partir de abril vocês vão entrar para a turma mais avançada. Ou seja, vocês serão os mais velhos entre as crianças aqui da escola! E, bom, acho que já sabem disso, mas ano que vem todos se formam no jardim de infância e entram para o ensino primário. Vai ter um monte de atividades ainda mais divertidas e vocês farão novos amiguinhos, mas vocês também vão ter tarefas difíceis.

"Por exemplo, agora vocês escrevem o próprio nome com as letrinhas do hiragana, né? Quando avançarem para o primário, terão que aprender a escrevê--lo com os kanji.*

"Então hoje vamos praticar isso, pensando no próximo ano! Vou entregar uma folha para cada um, elas já têm os seus nomes escritos. Contornem cada ideograma com o dedo uma vez."

A folha que Yūta recebeu continha os quatro ideogramas de seu nome: 今野優太.** Essa seria a primeira vez que Yūta veria seu próprio nome escrito com ideogramas... ou pelo menos deveria ter sido.

Konno, 今野. Por algum motivo, ele se lembrava de ter visto aquelas formas antes.

---

* A escrita da língua japonesa é composta de dois silabários com fonogramas (símbolos que expressam sons), o hiragana e o katakana, além dos kanji, que são ideogramas (símbolos que representam, no geral, unidades de sentido). Em alguns casos, também são usados algarismos indo-arábicos e o alfabeto latino. (N. T.)

** No japonês, o sobrenome costuma ser escrito antes do nome próprio de uma pessoa. Portanto, em vez de "Yūta Konno", aqui os ideogramas são lidos como "Konno Yūta". (N. T.)

Então sentiu uma tontura repentina — aquela memória distante lhe veio à tona.

O canto incessante das cigarras. Os raios de sol escaldantes.

O pai estava ao seu lado, apontando para o túmulo na frente deles. Na pedra havia seis símbolos gravados. Eram ideogramas, então. Os dois primeiros formavam "Konno", seu sobrenome.

Ele podia ouvir a voz do pai, doce e nostálgica.

— É nesse lugar que a sua mãe está dormindo. Ela morreu *antes* de você nascer.

— Hã? A mamãe tá viva.

— É, a "mamãe" tá viva, sim. Mas você tem *a sua mãe*, Yūta.

*Mamãe* e *minha mãe*... Naquela época, Yūta entendera vagamente que tinha duas mães em sua vida.

Tinha a "mamãe" que sempre cuidava dele, era gentil, engraçada, às vezes assustadora. A "mamãe", a pessoa que ele mais amava no mundo todo. Ele também já sabia que seu nome era "Naomi".

Fora ela havia "a sua mãe" que... ele não sabia muito bem quem era. Não conhecia o seu rosto nem o seu nome. No entanto, ele podia perceber que para seu pai ela devia ser uma pessoa muito importante.

Dando tapinhas no chapéu de palha do filho, o pai disse:

— Só uma coisa, Yūta: quando a *mamãe* estiver por perto, não quero que você fale sobre *a sua mãe*. Você promete?

— Prometo...

— Obrigado. E sempre que quiser saber mais sobre sua mãe, pode me perguntar. Vou te contar muitas coisas sobre ela. Eu prometo!

Mas o pai morrera antes de poder cumprir a promessa.

Assim, a única lembrança de sua mãe acabara sendo o túmulo visto naquele dia. E mesmo essa única memória, sem que ele percebesse, havia se escondido no fundo da mente, provavelmente por consideração aos sentimentos da mamãe.

Após alguns anos, contudo, Yūta se recordou de tudo.

Recordou-se que tinha alguém que era "a sua mãe". E que ela dormia embaixo de um túmulo.

Alguns dias depois da aula sobre nomes e ideogramas, na hora do desenho, a professora falou:

— Daqui a pouco já é Dia das Mães. Hoje quero que cada um faça um desenho de presente para sua mãe!

Yūta não estava muito disposto. Ele havia sido repreendido severamente na noite anterior por conta de um desenho e sentia-se ainda um pouco magoado com a mamãe.

Quando segurou o giz de cera, alguma coisa estourou no seu peito.

Uma vontade de fazer uma travessura. Ocorreu-lhe fazer um desenho não da "mamãe", e sim de sua mãe. Uma pequena revanche pela bronca que tinha tomado.

Yūta decidiu desenhar o túmulo, já que essa era sua única lembrança dela. Entretanto... desistiu no meio do caminho. Ele se deu conta de que aquilo seria cruel demais com a mamãe.

Após pensar desesperadamente numa forma de disfarçar o que tinha feito, ele conseguiu alterar o desenho.

Apesar de tudo, não parava de pensar na mãe. Naquela noite, ficou refletindo na cama.

*Quero me encontrar com a minha mãe.*

*Quero ir àquele lugar de novo.*

Na manhã seguinte, Yūta saiu de casa sozinho pela primeira vez.

Ele não se lembrava bem do trajeto até o túmulo. Seguiu caminhando com base naquela memória vaga do pai o levando. Foi praticamente um milagre ter conseguido chegar depois de apenas alguns minutos, sem se perder e sem ter que pedir ajuda. Yūta ainda não sabia como expressar isso, mas sentiu como se tivesse sido guiado por algo.

Quando chegou ao cemitério, os portões estavam fechados. Yūta ficou esperando num parque próximo até que abrissem. Sabia muito bem que estava aprontando, de forma que se escondeu num túnel de brinquedo do parquinho para que ninguém o encontrasse.

Foram as horas mais longas e tensas que ele passou em toda a sua vida. Às dez da manhã, correu o mais rápido que podia para ver se os portões já estavam abertos. Colocou a mão sobre o peito palpitante. Era hora de procurar o túmulo.

O cemitério, porém, era muito maior do que ele podia imaginar e tinha uma disposição complexa. O menino não conseguiu encontrar o que procurava de jeito nenhum. Andou em círculos por um longo tempo. Suas pernas se cansaram. A barriga roncava. Sentia sede. Mas Yūta não queria voltar para casa. Se voltasse, a mamãe se zangaria com ele. Ficou desesperado.

Nesse momento, um homem mais velho se aproximou dele.

— O que aconteceu, amiguinho? Você se perdeu do seu papai ou da sua mamãe?

Acompanhando-o, Yūta entrou na construção que ficava logo na entrada do cemitério. O homem lhe perguntou seu nome e ofereceu chá gelado e biscoitos.

Era a primeira refeição que Yūta fazia naquele dia. Ele devorou tudo, matando avidamente a fome e a sede que sentia.

— Yūta, sua família ligou pra cá! Que bom, né? Eles estão vindo te buscar!

Ao ouvir a notícia que o senhor lhe trouxera com tanta alegria, os sentimentos de Yūta foram obscurecidos por uma nuvem: em breve a mamãe chegaria. Com certeza ela estaria furiosa. Ele sentia tanto medo que queria fugir.

Ela nunca havia batido nele, mas o menino já havia aceitado que dessa vez seria diferente. Yūta tinha consciência da gravidade do que havia feito.

Por isso, quando a mamãe entrou naquela sala e o abraçou sem dizer uma palavra, sentiu mais surpresa do que alegria.

— Yū, meu amor! Você está bem... Que bom... Que bom...

Logo que ouviu a voz embargada da mamãe, Yūta também se pôs a chorar.


NAOMI KONNO

Ela pretendia, sim, ralhar com ele.

"Não me mate de preocupação!", "e se você tivesse se acidentado?!", "uma pessoa horrível podia ter te sequestrado!"... Mas todas essas palavras sumiram de sua mente no instante em que viu o rosto de Yūta.

Ela só queria abraçá-lo bem apertado.

Yūta estava vivo. Só isso já era uma felicidade.

— Ah, que coisa boa! Deu tudo certo.

Com as palavras do homem, Naomi voltou a si.

— Peço mil desculpas por ter causado todo esse transtorno!

— Que é isso, não se preocupe... Ah, é mesmo. Aproveitando a ocasião, qual seria o nome da *mãe* do Yūta?

— O nome da mãe?

— Sim. Eu dei uma pesquisada, mas neste cemitério tem uns três túmulos com o sobrenome Konno. Se eu souber o nome, ainda podemos mostrar a ele o dela.

— O nome da mãe do Yūta é Yuki... Yuki Konno.


O funcionário levou Naomi e Yūta até o local.

Já fazia cinco anos desde o primeiro aniversário de morte, quando vira pela última vez aquelas letras gravadas na pedra.

Não era o jazigo da *família* Konno, pois ela quisera deixar Yuki sozinha naquele lugar. Naomi tinha tanto medo de Yuki que não queria ter que lidar com ela novamente. Tinha a sensação de que seria assombrada eternamente por ela.

Quando Takeshi morreu, ela escolheu para ele um cemitério que ficava a uma hora de distância de trem por conta do receio de que as almas dos dois ficassem próximas. Mesmo agora, Naomi queria pegar Yūta pela mão e fugir dali o quanto antes.

Mas vendo a expressão saudosa de Yūta ao encarar o túmulo, ela sentiu que não podia fazer isso com ele. Por pior que fosse, Yuki era a verdadeira mãe de Yūta.

Naomi sussurrou suavemente:

— Yū, junte suas mãos em prece. Isso. Feche os olhos e converse com ela dentro do seu coração.


Já passava das duas da tarde quando os dois saíram do cemitério Sakura.

— Yū, vamos pra escolinha agora. Temos que pedir desculpas à professora por ter deixado ela preocupada, tá bom?

— Tá...

Naomi ainda tinha mais uma coisa pela qual se desculpar. Embora tivesse tido um acesso de raiva e se descontrolado ao telefone, percebeu que Haruoka, do seu jeito, havia lhe ajudado ao compartilhar suas conclusões sobre a situação de Yūta.

Além do mais, ela seguiria sendo a professora de Yūta depois de tudo isso. Elas não poderiam ficar brigadas.

De mãos dadas, Yūta e ela tomaram seu rumo.


MIHO HARUOKA

— Sinto muitíssimo por todo o transtorno de hoje!

Na sala dos professores, Naomi se curvou várias vezes pedindo desculpas.

Haruoka também ficara extremamente angustiada depois do telefonema.

— Eu peço desculpas por ter ofendido a senhora falando tudo aquilo sem pensar direito.

— Não... No fim das contas, a culpa foi minha. Ei, Yūta, você também tem que se desculpar com a professora Haruoka.

— Desculpa, professora...

Yūta baixou rapidamente a cabeça.

— Tá tudo bem, Yūta. Mas você não pode mais sair sozinho por aí sem avisar a mamãe, viu?

Sua intenção era dizer aquilo com firmeza, mas, quando abriu a boca, sua voz saiu tremida.

Tanto Naomi como Yūta pareciam esgotados, e acabaram voltando para casa antes do fim do dia.

Haruoka acompanhou os dois até o portão da escola.

— Bom descanso. E até amanhã. Tchau!

— Tchau, professora!

Haruoka sentiu uma serenidade ao ver os dois indo embora de mãos dadas. Não fazia sentido imaginar um relacionamento abusivo entre pessoas que tinham um vínculo tão forte como aqueles dois.

— Eu ainda tenho muito o que aprender... — ela murmurou para si.

Enquanto voltava para a sala de aula, ouviu Isozaki chamá-la no corredor.

— Haruoka! Acharam o Yūta, né? Que alívio!

— Pois é! Desculpa ter preocupado você logo de manhãzinha.

— Eu é que queria ter podido te ajudar mais! E aí, o Yūta e a *vovó* dele já voltaram pra casa?

Por um momento, Haruoka ficou constrangida demais para responder. Foi então que Miu veio correndo da sala de aula, de onde aparentemente escutava a conversa, e corrigiu Isozaki.

— Não é a "vovó", é a mamãe do Yūta!

— Mamãe? Mas...

Vendo a confusão de Isozaki, Haruoka cogitou explicar-lhe toda a história, mas ficou em dúvida sobre como abordar a situação complicada da família Konno. Miu notou o desconcerto da professora e veio ao seu resgate. Haruoka não sabia onde a garota tinha aprendido a falar de forma tão madura, mas ela acabou expressando tudo que a professora queria dizer em algumas poucas palavras:

— Sabe... *cada família tem uma história diferente.*


NAOMI KONNO

Naquela noite, de pé diante do espelho do banheiro, Naomi se deu conta de que passara o dia inteiro de rosto limpo. Tinha ficado tão desesperada na busca por Yūta que não teve tempo nem de passar a maquiagem.

Não tinha como ter sido de outra forma, mas mesmo assim imaginava o choque que fora para vários conhecidos ver o rosto dela daquele jeito. Naomi sabia que parecia bastante envelhecida em comparação a outras pessoas de sua geração. Aparentava ser mais velha do que seus sessenta e quatro anos.

Quando ela espiou para dentro do quarto, Yūta já dormia profundamente. Devia estar exausto. Ela também estava. Voltou à sala e se sentou no sofá. Tinha sido um longo dia.

Seus olhos se voltaram para o altarzinho budista. Encarando o filho sorridente na fotografia do porta-retratos, Naomi murmurou:

— Take... hoje nós fomos até o túmulo daquela mulher.

Yuki... Um nome que ela não queria ter que ouvir novamente.

A esposa de Takeshi. A nora de Naomi.

Ela sacou o celular e acessou aquele site: o blog que Takeshi criara antes de morrer.

*É perigoso compartilhar informações pessoais na internet.*

Seguindo o conselho da mãe, Takeshi inventara um apelido para não divulgar o próprio nome.

*Shin*... Quando ela perguntou por que ele havia pensado naquilo, Takeshi, envergonhado, explicou o motivo: "Foi só uma brincadeira. Peguei o meu nome e...".

*Ding dong.*

O toque da campainha trouxe Naomi de volta à realidade.

Ao olhar para o relógio, percebeu que já passava das dez da noite. Era estranho aparecer uma visita nesse horário. Seu corpo gelou.

Tomando cuidado para não fazer barulho, ela se aproximou da entrada e espiou pelo olho mágico. O homem de capuz e casaco cinza estava parado diante da porta.

*No fim... ele veio até o apartamento...*

Naomi não sabia de quem se tratava, nem por que essa pessoa estava perseguindo ela e o menino.

Porém, se o ignorasse, havia uma grande probabilidade de Yūta acabar em risco. Ela precisava fazer alguma coisa antes que isso acontecesse.

Naomi se afastou da entrada arrastando os pés, e fechou a porta do quarto com muito cuidado. Depois dirigiu-se à cozinha, pegou uma faca e, segurando-a firme, escondeu-a nas costas.

— Pois não, já vou! — Sua voz tinha uma animação fingida.

Desta vez, ela foi até a entrada sem se preocupar com o barulho dos passos, tirou a corrente e destrancou a fechadura.

*... como a taxa de condomínio é baixa, as únicas câmeras que temos são aquelas ali da entrada.*

Não havia câmeras *nos corredores*.

Ela abriu a porta com cuidado.

O homem à sua frente não era tão corpulento, mas tinha um ar inquietante que a intimidava. Naomi ficou paralisada de medo. No entanto, não iria se entregar. Forçou um sorriso e lhe disse:

— Você gostaria de entrar?

O homem passou pela entrada, acompanhando-a.

A porta se fechou. Agora, caso acontecesse alguma coisa, ninguém veria nada.

Naomi sacou a faca que trazia escondida e apontou-a para ele.

O homem nem se abalou. Com a ponta da lâmina diante de si, continuou parado, em pé, sem dizer uma palavra. Naomi ficou atordoada.

Ela não entendia o que ele queria. Não tinha a menor ideia de qual seria seu próximo passo.

Mas, se fosse fazer algo, era agora ou nunca.

Não demorou para decidir. Segurando a faca com as duas mãos, investiu contra ele.

Ela achou que teria que lutar.

Contudo, para sua surpresa, o oponente não ofereceu resistência. O homem desabou no chão, tentando estancar com as mãos o sangue que fluía do ferimento na barriga.

O capuz caiu para trás, expondo seu rosto.

O rosto cheio de rugas de um homem que passava da meia-idade.

Naomi já o havia visto em algum lugar, mas não conseguia se lembrar de onde.

# 3

## O DESENHO FINAL DO PROFESSOR DE ARTES

YOSHIHARU MIURA

Depois que assumiu o cargo de professor, Yoshiharu Miura quase não tinha tempo para si. Fora a correria das aulas que dava pela manhã durante a semana, ele se ocupava com o aconselhamento de carreira ou com a coordenação das atividades extracurriculares. Com isso resolvido, tinha ainda que se dedicar à parte burocrática do trabalho, o que seguia até tarde da noite.

Nos dias de folga, Miura lutava contra a sonolência e levava a família para passear, costumavam ir a parques para montar a barraca, acender o fogo e colocar carne para assar.

E não era só isso. Quando um amigo estava passando por algum momento difícil, ele não poupava tempo ou esforços para oferecer conselhos e auxílio — ajudava a encontrar emprego e até contribuía financeiramente, algumas vezes.

Alunos, familiares, amigos... A felicidade deles era o propósito de vida de Miura. Ele não desejava mais nada em troca.

Apesar de tudo, até alguém como ele precisava reservar alguns poucos dias do ano para si.

Miura gostava de subir uma montanha perto de casa e registrar em desenhos a paisagem única que via lá de cima. Para ele, esse era o maior dos luxos.

E aquele havia sido justamente um desses dias.

No entanto, diante dele, um inferno se desvelava.

Era uma cena desesperadora, que ia contra tudo aquilo por que vivera até então.

Miura sacou a caneta do bolso.

Precisava desenhar.

Precisava desenhar o que estava vendo.

*Por ele.*

* * *

Em 21 de setembro de 1992, no monte K, dentro da província L, foi encontrado o corpo de um homem. Era Yoshiharu Miura, de quarenta e um anos. Ele trabalhava como professor de artes para o ensino médio e morava nas redondezas.

O corpo tinha inúmeras marcas de agressão e ferimentos causados por objetos perfurantes, o que deu início a uma investigação de homicídio. A polícia confirmou que Miura subira o monte a fim de acampar do dia 20 para o 21.

Na cena do crime, os agentes encontraram um desenho que acreditavam ter sido feito pela vítima.

### DEPOIMENTO 1: PESSOA QUE ENCONTROU O CORPO

"Eu trabalho fazendo monitoramento e manutenção do monte K. Na manhã do dia 21, subi a montanha para ver como estavam as instalações ao longo da trilha e vi uma pessoa caída... Desculpe, me dá enjoo só de lembrar... Estava num estado lamentável... Sim, chamei a polícia assim que desci... O homem que morreu era professor, não era? Tão novo, e ainda com esposa e filho... Que coisa mais triste."

### DEPOIMENTO 2: ALUNA DE YOSHIHARU MIURA

"Sim, sou a presidente do Clube de Artes da escola. O professor Miura era nosso conselheiro. Eu, mais do que ninguém, dependia bastante da orientação dele... O que eu achava dele? Pra ser sincera, não gostava muito. Bom, na real, eu o odiava... Não, não era só coisa minha. Acho que havia poucos alunos na escola que gostassem do professor de verdade. É que, entre outras coisas, ele se enfurecia fácil... Ele se achava um professor 'durão', daqueles que põem os alunos na linha, mas todo mundo achava ele desagradável. Vivia gritando comigo quando eu pedia ajuda pro clube... Eu tinha muito medo. É um choque saber que ele morreu, mas... tristeza, tristeza mesmo... eu não sinto."

### DEPOIMENTO 3: ESPOSA DE YOSHIHARU MIURA

"Vocês querem saber como eu me sinto com... a morte do meu marido? Ainda não consegui processar o que está acontecendo. Sendo sincera, não tínhamos um relacionamento maravilhoso. A gente se desentendia bastante em relação à criação do nosso filho... Por exemplo, o menino gosta muito de passar o tempo em casa lendo, mas meu marido estava sempre forçando ele a ir acampar e fazer churrasco... Meu filho detestava. Ele parecia se achar o melhor pai do mundo por dedicar tempo à família, mas fazia tudo sem considerar como o filho se sentia... Desculpe. Estou me queixando demais. Acho que, à medida que o tempo for passando, a tristeza também vai aumentar... Ele tinha seus defeitos, mas no fim das contas, era meu marido."

DEPOIMENTO 4: AMIGO DE YOSHIHARU MIURA

"Eu sou amigo do Miura desde os tempos da faculdade de artes. Ele me ajudou muito, mesmo depois de nos formarmos. O Miura conseguiu que me chamassem para dar um curso semanal como professor convidado no Clube de Artes da escola onde ele trabalhava. Claro, ele me arranjou o trabalho porque estava preocupado por eu estar ganhando pouco. Me incentivou a fazer esse esforço para complementar a renda. Eu era muito agradecido a ele por isso. Era agradecido, mas... se me perguntarem se eu tinha alguma estima por ele... é complicado responder. É que ele era meio impositivo. Estava sempre me ligando do nada com convites do tipo 'vamos fazer uma trilha amanhã?', ou 'vamos sair pra beber agora?', sem consideração nenhuma com a minha vida... Bem, eu sempre podia recusar, né? Só que era meio difícil dizer não com toda a ajuda que ele me dava, sabe?"

(Entrevistas: Isamu Kumai — *Jornal L*)

28 DE AGOSTO DE 1995 — SEDE DO *JORNAL L*, PUBLICAÇÃO LOCAL DA PROVÍNCIA L

Shunsuke Iwata, um jovem de dezenove anos, engoliu em seco diante do arquivo volumoso. A identificação na capa dizia: "Dossiê para reportagem — Homicídio do professor de artes no monte K (1992)". Estava cheio de informações sobre aquele assassinato grotesco ocorrido três anos antes.

Ao lado dele, Kumai, seu chefe, perguntou:

— E aí? Quer mesmo ver?

— Quero...

— Então vou abrir.

Kumai virou a capa do arquivo.

## SHUNSUKE IWATA

Iwata era um novato que havia chegado ao *Jornal L* naquele mesmo ano. Mas já fazia três anos que tinha decidido se tornar jornalista, motivado por aquele crime. Bateu à porta do jornal assim que se formou no ensino médio.

Na entrevista de emprego, falara entusiasmado sobre como queria testemunhar a verdade com os próprios olhos e revelá-la à sociedade, o que agradou bastante o entrevistador. Em pouco tempo, recebeu a confirmação de que havia sido contratado. *Finalmente vou me tornar jornalista*, pensou.

Mas a alegria inicial foi pelo ralo assim que Iwata começou no seu novo serviço. Ele foi alocado no departamento de "assuntos gerais", que nada tinha a ver com o trabalho de repórter, coisa que só foi perceber depois. A equipe de jornalistas não representava nem metade dos mais de trezentos funcionários do *Jornal L*. O departamento editorial, a grande estrela da companhia, era composto somente de funcionários de elite, todos com diploma universitário. Eles não haviam contratado Iwata por causa de sua paixão pelo jornalismo. O que acontecera é que, naquele ano, o jornal havia recebido poucos candidatos recém-saídos da escola, que eram mais baratos de contratar do que os graduados na universidade.

Claro, o serviço de apoio que o departamento de assuntos gerais prestava era essencial para o funcionamento da organização — Iwata entendia isso. Mesmo assim, não podia deixar de se sentir insatisfeito, já que o principal motivo para ter se candidatado ao emprego era a vontade de fazer o trabalho investigativo.

## ISAMU KUMAI

A pessoa encarregada de ensinar o ofício a Iwata era um veterano que trabalhava no jornal havia vinte e três anos: Isamu Kumai. Ele já tinha feito parte do departamento editorial e assinara muitas reportagens. Nos velhos tempos, até ganhou o apelido de "Kumai Fecha-Caso". Não havia ninguém melhor para conseguir um furo de reportagem. E ele era assim não por ter habilidades acima da média, mas por puro esforço e imprudência... Ou, ao menos, era disso que Kumai se gabava.

Fosse dia ou noite, se ouvisse falar de algum incidente, ele saía correndo direto para a cena da ocorrência. Debaixo de chuva torrencial ou de sol escaldante, estava sempre lá para falar com os envolvidos e tomar notas. Estabeleceu ligações profundas com os detetives, e às vezes chegava a se humilhar, implorando informações quentes.

Estava sempre dando tudo de si para seguir na corrida. E se orgulhava disso. Um dia, porém, se viu numa encruzilhada.

Enquanto investigava certo incidente, descobriu um câncer de esôfago e teve que tirar sua primeira licença prolongada do trabalho. Foi uma frustração sem tamanho. Era a primeira vez que precisava abandonar uma reportagem pela metade. O incidente, claro, era o homicídio do professor de artes no monte K, quando o corpo de Yoshiharu Miura, professor de uma escola da província, fora encontrado nas montanhas.

*Assim que eu me curar, recomeço a investigação...* Com essa ideia fixa, Kumai iniciou seu tratamento. Funcionou, e, dois meses depois, pôde retornar ao trabalho.

No primeiro dia da sua volta, o presidente da companhia o chamou para comunicar algo impensável:

— Kumai, agradeço pelo seu serviço tão dedicado até aqui. Como bem sabemos, o jornalismo impõe uma rotina que nos subtrai alguns anos de vida... Você mesmo, com a sua doença, acabou de passar por uma situação delicada. A partir de hoje, portanto, vamos transferi-lo para o departamento de assuntos gerais. Assim você vai poder pegar um pouco mais leve e cuidar melhor da saúde.

Um convite para sair de campo e sentar-se no banco de reservas... Aos olhos deles, Kumai não tinha mais valor agora que havia ficado doente e não tinha mais condições de abusar do próprio corpo. Na prática, era isso que o presidente estava dizendo.

Kumai se recusou a desistir. Pediu várias vezes que lhe dessem ao menos a oportunidade de terminar de investigar o crime do monte K. Mas nenhum apelo foi capaz de alterar a decisão da empresa.


Três anos se passaram.

Na primavera de 1995, um novo funcionário foi admitido no departamento de assuntos gerais, um jovem recém-formado na escola: Shunsuke Iwata. De partida, ele ambicionava se tornar repórter. Só que seu desejo não foi atendido e ele acabou caindo no mesmo setor em que Kumai trabalhava. Acontece com frequência, ser funcionário de uma empresa significa sempre ter de lidar com as decisões arbitrárias que vêm de cima... Mesmo ciente disso, Kumai sentia pena de Iwata.

*Eu também queria continuar trabalhando como repórter, mas não posso...*

A situação do garoto era a mesma que a dele.

De qualquer modo, não havia como ajudá-lo para além do trabalho. Sem se deixar amolecer, Kumai o instruía com seriedade quanto às tarefas do departamento. Iwata reagia bem a esse método, aprendendo e absorvendo tudo. Em menos de seis meses, ele havia se tornado crucial na operação do departamento.

Até que chegou aquele dia. Depois do fim do expediente, Iwata abordou o veterano com uma expressão atormentada.

— Eu preciso te contar uma coisa, sr. Kumai.

— O que foi?

— Estou pensando em pedir demissão...

Kumai não se surpreendeu, ele já previa que esse momento chegaria.

— O que você pretende fazer depois que sair?

— Vou me tornar jornalista independente.

— Sua intenção original sempre foi trabalhar com isso, né?

— Sim. Eu gosto do trabalho que fazemos e sou muito grato ao senhor... Mas quero me tornar jornalista de qualquer jeito. Tem um caso que eu preciso investigar.

— Que caso?

— Aquele que aconteceu três anos atrás no monte K, o assassinato do professor de artes.

— Como é que é?!

Kumai ficou perplexo. Por que Iwata estava interessado justo naquele incidente que lhe trazia memórias tão amargas?

— Iwata, você por acaso tem uma ligação pessoal com essa história?

— Na verdade, tenho sim. A vítima, o professor Yoshiharu Miura, foi meu professor no primeiro ano do ensino médio.

— Seu professor, então...

Embora já trabalhassem juntos havia quase meio ano, Kumai não fazia ideia. Talvez o rapaz tivesse evitado tocar no assunto. "Você sabia que meu ex-professor foi assassinado brutalmente?" não era uma pergunta muito apropriada para começar um bate-papo descontraído.

— Entendo... Ele era um bom professor?

— Olha...


SHUNSUKE IWATA

*Ele era um bom professor?*

Quando Kumai lhe perguntou isso, Iwata não sabia como responder. Miura não era um professor tão bom a ponto de ele poder afirmar aquilo com convicção.

— Pra falar a verdade... os alunos o desprezavam. Ele era muito rígido com o regulamento da escola e com a nossa conduta. Chegava a bater nos estudantes que violassem alguma regra, ou gritava com quem não falasse formalmente. Também ouvi que ele passava dos limites com os alunos que coordenava no Clube de Artes.

"Não acho que ele era uma pessoa ruim. Só acabava se exaltando porque exagerava no controle dessas questões de educação... Acho que no fundo ele tinha um bom coração.

"Ele sempre se dispunha a ouvir e ajudar os estudantes se tivessem algum problema e, se ficava sabendo que alguém sofria bullying, tomava iniciativa para resolver a questão. Eu mesmo, que tenho um histórico familiar atípico, contei muito com a ajuda do professor."

Iwata perdera os pais: a mãe aos onze anos e o pai aos quinze. Ambos haviam sido acometidos por doenças. Após a morte do pai, foi viver com o avô, mas como a aposentadoria não era o bastante para sustentar o neto, Iwata tinha que trabalhar meio período todos os dias. A pessoa que mais o ajudou nessa época foi justamente o professor responsável pela turma dele, Yoshiharu Miura.

— Iwata, você já conhece isso aqui? É o Bentô Alegre, a marmitinha que vendem no supermercado em frente à estação. Gosto tanto dela que compro todo dia. Acabei comprando a mais, então se quiser pode levar pra casa. Coma junto com o seu avô!

E todo dia Miura trazia duas marmitas daquelas para ele e o avô. Mesmo sendo pobres, graças a ele os dois não passaram fome.

Houve ainda um dia que, ansioso com seu futuro e seus relacionamentos pessoais, ao fim da aula, Iwata confidenciou ao professor suas angústias. Mesmo provavelmente ocupado com outros assuntos, Miura passou mais de duas horas aconselhando-o. No fim de tudo, disse com ternura:

— Sabe, Iwata, eu sempre vou no monte K para desenhar. A visão das montanhas lá da oitava parada até o topo é magnífica! Na próxima, vou levar você para te mostrar a paisagem. Você vai ver que todos os problemas parecem sumir quando a gente chega lá.

Sem dúvida Miura era um professor rígido, e tinha também um lado injusto e autoritário. Mas, ao mesmo tempo, nutria um carinho profundo pelos alunos. Se você o confrontasse de coração aberto, ele responderia à altura. Iwata aguardava ansiosamente pelo dia que subiriam aquela montanha juntos. Mas esse dia nunca chegou.

Miura morreu logo no final das férias de verão do primeiro ano do ensino médio.

O caso dominou os noticiários por dias. Iwata acompanhava cada nova informação. Como não conseguiram prender nenhum suspeito, no entanto, as notícias foram minguando, até o momento em que ninguém mais se importava com o crime.

Ele não conseguia aceitar. Como uma vida humana pôde ser esquecida sem que esclarecessem o que houve de fato? Iwata queria a qualquer custo descobrir o que tinha acontecido, entender por que Miura tivera que morrer.

Com dezesseis anos, decidiu se tornar jornalista. Se a mídia já não queria mais cobrir o caso, ele usaria da sua própria capacidade para desvendá-lo.

* * *

— Entendi. Você entrou aqui no jornal para acertar as contas pelo seu professor, foi isso? Não é bem essa a função do "assuntos gerais"...

— Claro, eu também gosto do trabalho aqui do departamento, mas... queria mesmo era trabalhar como repórter para poder ir a fundo no caso do professor Miura.

— Olha, eu entendo seu sentimento. Mas, sem experiência nem conexões, se você se tornar freelancer assim do nada, não vai conseguir fazer muita coisa. Além disso, é meio óbvio, mas você não vai ter um salário. Como pretende ganhar a vida assim?

— É...

— Ah, e o principal. Pra mim, você não serve pra jornalista.

— Como assim?! Por quê?

— Você é trouxa demais.

A frase fez o rapaz explodir.

— Sr. Kumai! Isso não é uma brincadeira para mim! Estou falando sério quando digo que quero me tornar jornalista!

— E por que é que você não me entrevistou?

— Hã?

— Três anos atrás eu era repórter aqui no jornal. Você sabia disso, não?

— Sabia...

— Eu não te contei, mas fui eu que cobri o caso do monte K na época.

— Como?! Você?

— Isso. Eu juntei um montão de informações referentes ao incidente. E apesar de ter uma fonte dessas bem debaixo do seu nariz, nem te ocorreu me consultar. Por que você não perguntou nada sobre o caso, mesmo sabendo que eu era jornalista na época?

— É que...

— Foi porque sou seu chefe? Você ficou hesitante pelo fato de eu ser seu superior? Tô dizendo, você é muito trouxa. Tanto faz se é um superior ou não, se o cara pode ter uma informação, você vai direto na jugular sem pensar duas vezes. Ser jornalista é isso. Se você for trabalhar sozinho agora, não vai progredir em nada e ainda vai morrer de fome.

Iwata ficou sem resposta.

— Digo isso pro seu bem, Iwata. Você conseguiu entrar aqui no jornal. Se o trabalho não estiver insuportável, não se demita. Eu te conto tudo que você quiser saber sobre o crime. Espera um pouco.

Kumai foi até a própria mesa e tirou da gaveta uma pasta grossa. Na capa estava escrito "Dossiê para reportagem — Homicídio do professor de artes no monte K (1992)".

— Eu também tenho certo apego a esse caso. Mesmo depois que tive que parar meu trabalho jornalístico, não consegui deixar ele pra trás. Ainda bem que guardei isso.

— Posso dar uma olhada?

— Pode. Só não conte nada a ninguém.

— Certo.

— Fora isso... decida se quer mesmo abrir o arquivo. E se prepare. Esse material conta em detalhes a forma como Yoshiharu Miura foi assassinado. Pode ser algo que você, em especial, não goste de saber...

Naquele tempo, foi amplamente noticiado na TV que Miura havia sido morto de forma brutal, mas Iwata não sabia o que isso queria dizer de fato. Com certeza, se houvesse outra maneira, preferiria não conhecer os pormenores dos instantes finais daquele professor por quem nutria tanta gratidão. A questão é que já estava decidido a trazer a verdade à tona.

Iwata engoliu em seco.

— E aí? Quer mesmo ver?

— Quero...

— Então vou abrir.


Kumai começou a relatar os pontos principais do incidente enquanto apontava para os documentos.

— Miura fez planos de acampar no monte K do dia 20 ao 21 de setembro de 1992. O dia 20 era um domingo. E como você deve lembrar dos seus tempos de aluno, dia 21 era aniversário de fundação da escola. Ele aproveitou o feriadão. Mas Miura tinha um compromisso marcado na manhã de domingo: uma reunião de aconselhamento do Clube de Artes.

| DOMINGO | SEGUNDA |
|---|---|
| 20 | 21 |
| Folga | Aniversário de fundação da escola |

"Aparentemente, depois de terminar a sessão de orientação com os alunos, ele foi direto para a trilha. Miura saiu de casa por volta das 7h40 do domingo, pegou o carro e foi até a escola. Colocou no veículo a mochila com o equipamento para subir a montanha. De acordo com a esposa, ele tinha levado artigos básicos de acampamento: uma barraca simples, um saco de dormir, lanterna, garrafa térmica, essas coisas. Além, claro, de seu caderno de esboços e material para desenhar.

"A chegada na escola foi às 7h50. Ele nem passou na sala dos professores, foi direto para a sede do clube se reunir com uma aluna do terceiro ano chamada Kameido."

**DIA 20 (DOMINGO)**
7h40 – Saída de casa
7h50 – Chegada na escola
8h00 – Início da reunião

— Ué, mas não era para tratar de atividades do clube?

— Pelo que sei, ela queria dizer a Miura que sua postura de ensino rígida estava fazendo o número de membros do clube diminuir.

— Ah... Sim, eu me lembro, também ouvi essa história. Parece que os dez alunos que haviam entrado desistiram logo no primeiro mês... algo assim.

— Isso. Na época, o número de estudantes do primeiro ano que integravam o clube era zero. Do segundo ano, tinha uma pessoa. E do terceiro, apenas a Kameido.

— Só dois estudantes no Clube de Artes...

— Naquele dia, o estudante do segundo ano faltou porque tinha o funeral de um parente para ir. Ou seja, a única aluna lá era a Kameido.

— E mesmo assim ele manteve a atividade, né?

— É. Esse Miura parecia bem exigente mesmo. Do tipo "vai ter atividade sim, não tô nem aí se só restar uma pessoa!". Eu entrevistei a menina na época e ela odiava o Miura. Devia sofrer com a cobrança dele. O depoimento dela está nessa pasta. É bom você dar uma lida.

*O que eu achava dele? Pra ser sincera, não gostava muito. Bom, na real, eu o odiava... É que, entre outras coisas, ele se enfurecia fácil... Ele se achava um professor "durão", daqueles que põem os alunos na linha, mas todo mundo achava ele desagradável. Vivia gritando comigo quando eu pedia ajuda pro clube... Eu tinha muito medo.*

— Aliás, no intervalo do aconselhamento, Miura contou para Kameido que ia acampar no monte K naquela tarde.

— As atividades do clube terminaram às 13h. Miura pegou o carro e foi direto para a estação mais próxima, que ficava entre a escola e o monte K. Ele podia ter ido direto para a montanha, mas tinha coisas a fazer na estação. Primeiro, comprou comida no supermercado em frente. Depois, se encontrou com um homem chamado Toyokawa, que morava perto dali.

— Toyokawa... Quem é esse?

— Um amigo da época da faculdade de artes. Bom, mesmo se dizendo "amigo", no fundo o Toyokawa parecia odiar o Miura, sabe?

Eu sou amigo do Miura desde os tempos da faculdade de artes. Ele me ajudou muito, mesmo depois de nos formarmos. O Miura conseguiu que me chamassem para dar um curso semanal como professor convidado no Clube de Artes da escola onde ele trabalhava. Claro, ele me arranjou o trabalho porque estava preocupado por eu estar ganhando pouco. Me incentivou a fazer esse esforço para complementar a renda. Eu era muito agradecido a ele por isso. Era agradecido, mas... se me perguntarem se eu tinha alguma estima por ele... é complicado responder. É que ele era meio impositivo. Estava sempre me ligando do nada com convites do tipo "vamos fazer uma trilha amanhã?", ou "vamos sair pra beber agora?", sem consideração nenhuma com a minha vida...

— No dia anterior, ou seja, na noite de sábado, Miura ligou para Toyokawa para convocá-lo: "Vamos acampar no monte K entre amanhã e segunda-feira?". O Toyokawa parece ser do tipo que topa todas, mas dessa vez ele recusou. O que é natural, né? Ele era funcionário de uma empresa e segunda-feira é dia útil, ele tinha que entrar no trabalho já de manhã. Não daria pra acampar de um dia pro outro. Mas parece que, mesmo explicando isso, o Miura não desistiu.

— Sério?

— Ele fez uma sugestão: os dois podiam subir até a metade juntos, e depois o Toyokawa desceria sozinho no mesmo dia.

— Nossa, ele queria que o outro acompanhasse ele até o meio da subida? Isso já é forçar a barra mesmo.

**DIA 20 (DOMINGO)**

7h40 – Saída de casa
7h50 – Chegada na escola
8h00 – Início da reunião
13h00 – Saída da escola
13h10 – Encontro com Toyokawa em frente à estação e compras no supermercado
13h30 – Chegada no monte K e início da subida

— Pois é. O Toyokawa acabou aceitando a proposta do Miura e fazendo uma escalada de um dia só. Os dois se encontraram na frente da estação, passaram no mercadinho ali perto e compraram algo para comer na montanha. Miura comprou um *anpan*, um sanduíche de porco empanado e um Bentô Alegre.

"Assim que terminaram as compras, os dois partiram de carro para o monte K. Chegaram por volta de 13h30. Deixaram o veículo no estacionamento no sopé da montanha e começaram a subida pela trilha principal. Falando nisso, você já subiu o monte K, Iwata?"

— Sim, com meu pai. Fui até a quarta parada, mas isso já faz tempo. É uma montanha fácil de subir, mesmo para uma criança.

— Verdade. Eu subi várias vezes durante a investigação e foi bem tranquilo, nada íngreme. A trilha é marcada por cordas, então é muito difícil se perder do caminho. Além disso, a estrutura é muito bem cuidada e pavimentada até a metade do trajeto. É por isso que a montanha se tornou um passeio popular entre quem vive por ali e está sempre movimentada. Tem outra razão pela qual ela atrai tanta gente.

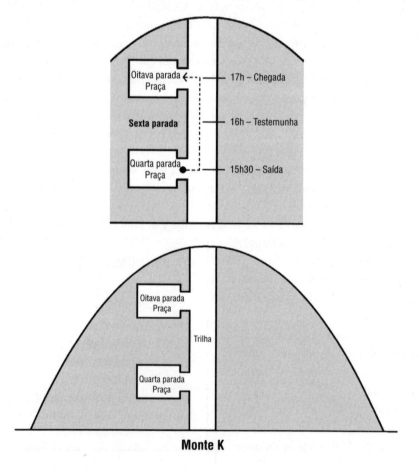

Monte K

— Na quarta e na oitava paradas, há uma área de descanso que é referida como "praça". A da quarta parada tem várias mesas, o que a torna ótima para fazer refeições. Já a praça do oitava parada é ideal para acampar.

"Por volta das 14h30, Miura e Toyokawa chegaram a essa primeira praça e pararam para almoçar. Miura comeu o bentô que havia pegado no supermercado. Lembre-se disso, é importante. Depois da refeição, os dois ficaram desenhando na praça até umas 15h30, quando retomaram a caminhada. A partir daqui, Toyokawa começou sua descida e Miura seguiu subindo para alcançar a clareira no oitavo marco.

"Depois disso, várias testemunhas que desciam a montanha viram Miura na trilha. A última o viu por volta das 16h, perto da sexta parada. Vale lembrar que da sexta até a oitava estação o caminho fica mais íngreme, e leva no mínimo uma hora para fazer esse trajeto. Ou seja, calcula-se que Miura tenha chegado na oitava estação depois das 17h.

"E por volta das 9h da manhã seguinte, o homem que foi até lá encontrou o corpo de Miura caído na clareira."

— Por que esse homem subiu a montanha tão cedo?

— Ele era funcionário da manutenção do monte K. Ouviu falar que tinha algum reparo a ser feito nas instalações da oitava parada e foi averiguar. Eu falei antes que a trilha principal da montanha é delimitada por cordas. Parece que, no dia anterior, ou melhor, especificamente na tarde de domingo, algum universitário de um clube de montanhismo, numa brincadeira, chutou e acabou quebrando uma das estacas que prende essas cordas.

| |
|---|
| 13h00 – Saída da escola |
| 13h10 – Encontro com Toyokawa em frente à estação e compras no supermercado |
| 13h30 – Chegada ao monte K e início da subida |
| 14h30 – Chegada à quarta parada, almoço e desenhos |
| 15h30 – Despedida de Toyokawa, retomada da subida |
| 16h00 – Último avistamento da vítima, perto da sexta parada |
| **DIA 21 (SEGUNDA-FEIRA)** |
| 9h00 – Descoberta do corpo |

— Que falta de noção.

— É, mas parece que, um tempinho depois de descer, os próprios estudantes se sentiram mal e telefonaram para o pessoal da manutenção da montanha para se desculpar. Quem atendeu a ligação foi esse homem. Como já passava das dez da noite, ele decidiu ir lá bem cedo na manhã seguinte. Por isso, pro azar dele, foi ele a primeira pessoa a encontrar o corpo. Coitado...

*Na manhã do dia 21, subi a montanha para ver como estavam as instalações ao longo da trilha e vi uma pessoa caída... Desculpe, me dá enjoo só de lembrar... Estava num estado lamentável... Sim, chamei a polícia assim que desci..."*

— Ele relatou tudo à polícia depois de descer. A análise da cena do crime começou por volta do meio-dia. Eles encontraram os documentos de identificação do Miura em uma mochila que es-

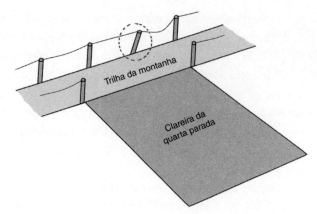

tava no local. O carro dele ainda estava no estacionamento no sopé da montanha, então essas duas coisas ajudaram eles a *supor* que aquele corpo era do professor.

— Só supor?

— Naquele momento, não tinham como concluir nada. Os ferimentos eram descomunais. O rosto, não preciso nem dizer, foi desfigurado. Disseram que à primeira vista não dava nem pra discernir o gênero da vítima. Para ser bem explícito: o cadáver quase não se parecia com um corpo humano.

— Ugh... Foi uma morte horrível, então.

— Somando-se as punhaladas e os ferimentos por objeto contundente, ele tinha mais de duzentas lesões.

— Duzentas lesões...

— Há duas motivações possíveis para um assassino aplicar um nível de violência tão desproporcional: uma é dificultar a identificação da vítima, a outra seria descontar algum rancor muito profundo. Neste caso, o que você acha mais plausível?

— Se fosse para dificultar a identificação, seria bizarro o assassino ter deixado os documentos da vítima na cena do crime. Acho que só pode ser uma vingança... o rancor profundo.

— Exato. O criminoso devia odiar Miura com todas as suas forças.

Iwata sentiu um arrepio. Um ódio que descambou para um ato de violência capaz de somar mais de duzentos golpes... O que poderia haver acontecido entre Miura e seu assassino?

— Aliás, a que horas exatamente o professor Miura foi morto?

— Foi possível descobrir isso a partir de uma análise mais minuciosa do corpo. Apesar de estar danificado a ponto de dificultar a autópsia, felizmente, se é que posso dizer isso, os legistas detectaram alimentos não digeridos no estômago dele. Aparentemente era o conteúdo daquele Bentô Alegre.

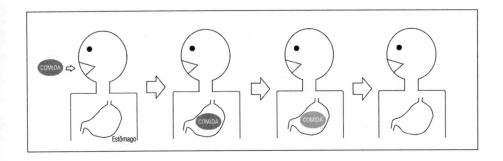

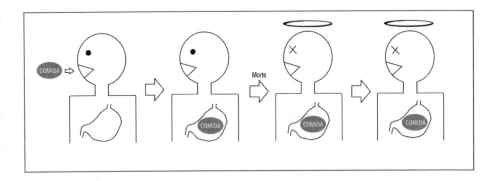

"O alimento é digerido dentro do estômago em cerca de três horas. Quando a digestão acaba, o estômago fica vazio. Se alguém morre durante esse processo, a atividade estomacal para e o alimento fica lá. Analisando a fase da digestão, dá pra determinar quanto tempo se passou entre a refeição e a hora da morte. Estima-se que Miura tenha morrido aproximadamente duas horas e trinta minutos depois de comer. Ele comeu a marmita por volta das 14h30 e foi morto duas horas e meia depois disso, ou seja, por volta das 17h."

— Entendi... Mas, peraí. É certeza que o professor Miura chegou na oitava estação depois das cinco, não é?

— É. Dá pra concluir então que Miura foi morto assim que chegou na oitava parada.

— Iwata, com o que vimos até aqui, você consegue traçar um perfil do criminoso?

— Vamos lá... Primeiro, a julgar pela condição do corpo, o assassino devia odiar ou se ressentir do professor Miura. Devia ser alguém conhecido dele.

— Também acho. São raros os casos de um primeiro encontro que vira uma discussão tão grande que acaba em morte, ainda mais que resulte num nível de agressão de mais de duzentas lesões. O criminoso era alguém que ele conhecia. E mais: era uma pessoa com quem ele tinha uma relação extremamente próxima.

— Além disso, a pessoa sabia que o professor Miura ia subir a montanha domingo. O que nos leva a... Bom, os suspeitos que temos até agora são a esposa do professor, a Kameido, do Clube de Artes, e Toyokawa.

---

### DIA 20 (DOMINGO)

7h40 – Saída de casa
7h50 – Chegada na escola
8h00 – Início da reunião
13h00 – Saída da escola
13h10 – Encontro com Toyokawa em frente
à estação e compras no supermercado
13h30 – Chegada ao monte K e início da subida
14h30 – Chegada à quarta parada, almoço
e desenhos
15h30 – Despedida de Toyokawa, retomada
da subida
16h00 – Último avistamento da vítima, perto da
sexta parada
17h00 – Chegada na clareira da oitava parada;
assassinato logo em seguida.

### DIA 21 (SEGUNDA-FEIRA)

9h00 – Descoberta do corpo

---

— Exatamente. Claro que existe a possibilidade de haver outras pessoas que se encaixem nessas condições, mas considerando a proximidade com Miura, a polícia se concentrou nesses três. E após a verificação dos álibis, limitou os suspeitos a uma pessoa só.

— Quê?!

— Vou te explicar. Deixando de lado um pouco Toyokawa, que o acompanhou até a metade do caminho, vamos ver os álibis das outras duas pessoas que sobraram. Utilizando o transporte público, leva cerca de três horas para ir da cidade onde as duas moram até a oitava estação do monte K.

— Como o crime aconteceu às 17h... pensando na ida e na volta, a pessoa precisa ter um álibi das 14h até as 20h para ser considerada inocente. É isso?

— Sim, só que tem outro detalhe. Estavam faltando alguns dos itens pessoais do Miura quando o encontraram: o saco de dormir, o *anpan* e o sanduíche de porco. Ele comprou o doce e o sanduíche junto com a marmita no supermercado em frente à estação, lembra? Provavelmente pretendia comê-los na janta e no café da manhã do dia seguinte, mas foi morto antes disso. A autópsia não detectou esses alimentos no corpo dele. É muito provável que o criminoso tenha levado essas coisas.

— O fato de ele ter roubado a comida e o saco de dormir... não seria porque o criminoso passou a noite na montanha e desceu depois que clareou?

— É o que parece, né? Mas tem uma coisa estranha nisso. Entre os pertences do Miura também tinha lanterna, barraca, uma garrafa de água e outros itens necessários para montar acampamento. Nenhum deles foi roubado. Isso indica que o criminoso teria que ter trazido os seus para a montanha. Você acha que alguém tão preparado cometeria um erro besta desses, esquecer coisas essenciais como o saco de dormir e algo para comer?

> **Saída da cidade – 14h**
>
> ⬇
>
> **3 horas**
>
> ⬇
>
> **Oitava estação do monte K 17h – Horário do crime**
>
> ⬇
>
> **3 horas**
>
> ⬇
>
> **Retorno à cidade – 20h**

— É improvável mesmo. Mas por qual outro motivo levaria os itens?

— Suponho que tenha sido para despistar a polícia. Você mesmo acabou de cair no conto do criminoso: "Será que ele passou a noite na montanha e voltou depois de amanhecer?"... Talvez ele tenha roubado a comida e o saco de dormir justamente para nos levar a essa conclusão. E descendo a montanha naquele mesmo dia, ele ainda produziria um álibi para a manhã seguinte.

— Entendi. Se conseguisse induzir a polícia ao erro de achar que o culpado passou a noite na montanha, o assassino se livraria das suspeitas por ter um álibi até a manhã... A estratégia foi essa, então.

— Sim. Mas eles não caíram nesse raciocínio tão superficial. Subvertendo a estratégia dele, os policiais decidiram ir por outra linha investigativa. Digamos que das 14h às 20h temos o período A; e das 20h até a manhã seguinte temos o período B. Eles estimaram que quem tivesse álibi durante o período A seria inocente. Se algum deles tivesse álibi *apenas* no período B, isso reforçaria a suspeita de ter tentado forjar um álibi. No fim das contas, confirmaram que a esposa do professor e a aluna eram inocentes.

"Por volta das 18h do dia do crime, a esposa de Miura foi fazer compras no verdureiro do bairro, seu filho de onze anos estava junto. Fora isso, pouco depois das 6h da manhã seguinte, vizinhos a viram limpando a frente da casa. Kameido, por sua vez, telefonou do próprio endereço para a casa de uma amiga às 16h do domingo. Isso foi confirmado pela própria amiga e pelos registros telefônicos.

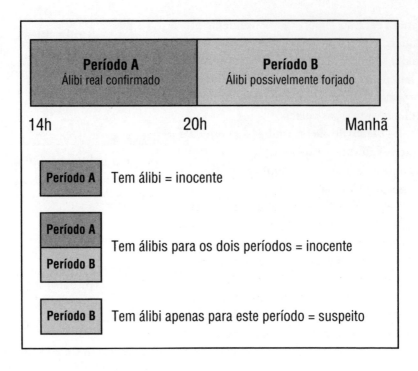

— Quer dizer que o assassino é... Toyokawa.

— Isso. Quando a polícia focou a atenção nele, surgiram algumas informações conflitantes. No dia do incidente, depois de ele se despedir de Miura na quarta parada, nenhuma testemunha o viu descendo a montanha.

— É sério?!

— Ou seja, havia uma probabilidade alta de Toyokawa não ter ido embora.

— Ele seguiu a trilha atrás do professor Miura?

— A questão é que também não apareceu nenhuma testemunha que confirmasse isso. Toyokawa simplesmente desapareceu na quarta parada, por assim dizer. A polícia considerou esta hipótese: será que depois de se despedir ele não seguiu subindo até a oitava parada por um caminho fora da trilha principal?

— Existe outra rota?

— Tem uma outra trilha, mais íngreme e mais fechada, mas não é nada que um adulto não conseguisse subir sem grandes dificuldades. Dependendo do ritmo seria possível fazer o caminho até a oitava estação quase no mesmo tempo que pela via principal. Resumindo, após se despedir de Miura, Toyokawa teria se afastado da trilha principal e subido rápido pelo meio da mata para chegar à oitava parada. Depois de matar Miura, ele teria tido tempo de roubar o saco de dormir e os alimentos e descer a montanha no mesmo dia. Inclusive, às 7h da manhã seguinte, Toyokawa cumprimentou alguns vizinhos.

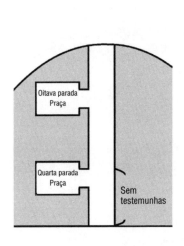
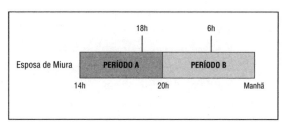
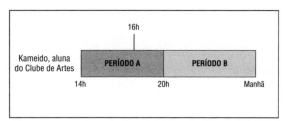

— Ele produziu um álibi para o período B... isso só reforçou as suspeitas da polícia.

Com tudo que tinha ouvido, Iwata só conseguia pensar em Toyokawa como culpado. No entanto...

— Sr. Kumai... Mas ninguém foi preso por esse caso, não é? Por que a polícia não o capturou?

— Eles não puderam. Tudo o que contei até agora é especulação. Não havia nada de concreto para emitir um mandado de prisão.

— Mesmo com todos esses detalhes suspeitos?

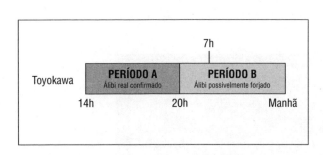
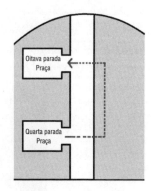

— Só suspeitar de algo não basta. Seria simples se tivessem uma evidência clara ligando Toyokawa ao crime, mas infelizmente ninguém achou nada assim. E outra: Toyokawa não tinha um motivo forte para ter cometido o crime. Sabemos que ele via o Miura com antipatia, mas... é difícil estabelecer isso como uma razão plausível para um assassinato tão brutal.

— E não há nenhum outro suspeito fora os três?

— É o que parece... Como fui internado justamente enquanto investigava, não sei bem dos detalhes, mas o motivo de não terem feito nenhuma prisão foi que não tinham ninguém em vista além deles.

Kumai resmungou enquanto folheava o arquivo.

— Olha, o que eu contei até agora só torna esse caso mais um entre tantos assassinatos grotescos. Só que tem um outro ponto bizarro.

Na página que Kumai tinha em mãos havia uma foto.

— O que é isso?

— Na mochila encontrada na cena do crime tinha um caderno de esboços com várias coisas desenhadas. Acho que as duas folhas fotografadas aqui foram feitas no dia do crime, na praça da quarta parada da montanha.

— O que é que tem de bizarro neles?

— Nesses aí, nada. O curioso é *o último desenho* do professor, feito na clareira da oitava parada.

— Último desenho?

Kumai virou a página. Quando viu a foto do outro lado, Iwata chegou a duvidar dos seus olhos. Era um desenho grosseiro e sujo, não parecia ter sido feito por um artista hábil como o professor.

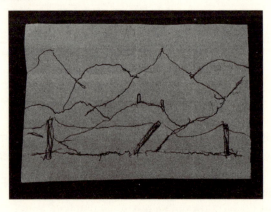

— O professor Miura desenhou isso aí?
— Foi. Com certeza é obra dele. É *uma vista da cadeia de montanhas a partir da oitava estação*. Você já deve saber disso, mas o monte K serve de divisa entre a serra e a área urbana. Ao subir pela trilha principal, pouco depois de ultrapassar a oitava parada, já dá pra ter uma boa vista das outras montanhas. Parece que Miura gostava dessa paisagem, ele visitou e retratou esse lugar inúmeras vezes ao longo da vida.

*Sabe, Iwata, eu sempre vou no monte K para desenhar. A visão das montanhas lá da oitava parada até o topo é magnífica!*

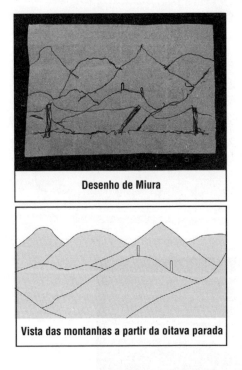

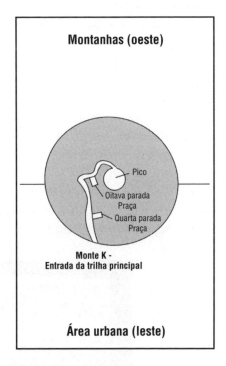

— Ele já tinha me contado sobre isso. Mas esse desenho é...
— Estranho, né? O estilo é totalmente diferente dos outros. Ainda por cima, isso aqui foi desenhado no verso de uma nota fiscal.

— A carteira do Miura estava no bolso da calça. Acharam a nota lá dentro. Era do mercado perto da estação, onde ele comprou as comidas na tarde de domingo. Ele fez esse desenho no verso. A perícia confirmou pelas digitais e outros fatores que o desenho é dele. A tinta bate com a da caneta esferográfica que ele sempre trazia. Apesar de ser um esboço, não acho que tenha sido feito sem cuidado.

Eu já fui até a oitava parada e vi a paisagem real, e a composição geral é bem parecida. Ele reproduziu de forma fiel a altura, a inclinação, a posição relativa de cada montanha e as antenas ali no topo. Acho que ele quis representá-las com o máximo de precisão. Usou até linhas auxiliares.

— Como assim?

— Observe bem a foto. Tem dobras no papel, está vendo?

— É mesmo. Marcas fininhas, como se ele tivesse dobrado várias vezes, né?

— Não entendo muito de arte mas, pelo que sei, linhas auxiliares são marcações feitas de antemão no papel quando se quer reproduzir algum objeto. Elas ajudam a fazer um desenho mais preciso e proporcional.

— Então o professor Miura fez as dobras no recibo para isso?

— Foi o que a polícia supôs. Se você observar bem o desenho, dá para ver que ele foi feito seguindo essas linhas.

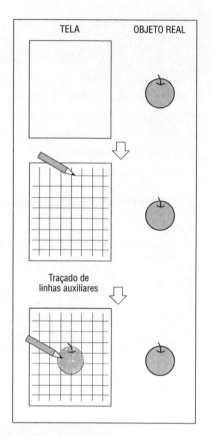

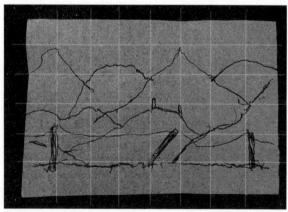

— Mas por que ele desenhou em uma nota fiscal?

— Pois é, ele podia ter usado o caderno, mas não. O que você acha?

Iwata se deu conta da terrível possibilidade.

— O professor Miura... não estava em condições de pegar o caderno?

— Isso mesmo. Penso que foi assim: depois que Miura chegou à oitava parada, ele foi atacado por alguém. O criminoso avançou com um objeto cortante, eles se encararam por algum tempo. Nesse momento, Miura tirou do bolso o recibo e a caneta e, tremendo, traçou o desenho das montanhas. A paisagem que ele via atrás do criminoso. Após terminar o desenho, Miura foi assassinado.

Era difícil pensar num cenário diferente desse, mas ainda assim não fazia sentido nenhum. Por que Miura não fugiu ao ter sua vida ameaçada? Por que ainda tentou desenhar a paisagem?

Nesse momento, uma possibilidade lhe veio à mente:

— Sr. Kumai, o professor Miura fez mesmo esse desenho minutos antes de morrer?

— Você tem outra ideia?

— Quando vivo, o professor foi várias vezes à oitava parada do monte K, não foi? O desenho não poderia ter sido feito em alguma outra visita e ficado na carteira dele?

— Não. Eu te falei, a nota fiscal foi emitida pelo supermercado da frente da estação no início da tarde daquele dia.

— Ah... é mesmo.

— Fora isso, olha bem o desenho. Tem três estacas logo diante dele, certo? São as que sustentam a corda que marca a trilha. Percebe que a estaca do meio está inclinada?

— Sim... Ah!

— Lembrou? Naquela tarde, um universitário de algum clube de montanhismo chutou e quebrou a estaca na oitava parada. É essa aqui. Isso algumas horas antes de Miura ser morto.

— Para ter desenhado isso... só pode ter sido quando ele estava prestes a morrer.

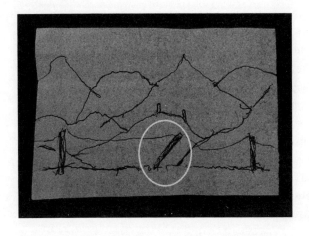

— É. Foi naqueles poucos momentos entre chegar na oitava parada e ser assassinado.

Um desenho da cordilheira feito enquanto um criminoso o atacava. Qual poderia ser o propósito disso?

— Será... que o desenho seria uma mensagem indicando quem é o criminoso ou algo assim?

— Pois é, né? Seria melhor se ele tivesse deixado um retrato. Bom, mas se tivesse feito isso, provavelmente o assassino o teria jogado fora.

— Verdade...

Então, para despistar o assassino, talvez Miura tivesse deixado algum código que não pudesse ser decifrado facilmente. No entanto, isso gerava outra questão: por que o criminoso deixara o desenho na cena do crime? Se a vítima fizesse um desenho peculiar no momento de sua morte, mesmo não tendo nenhum nome ou retrato, o natural seria o assassino se livrar dele, pelo menos por via das dúvidas.

Vendo Iwata absorto em pensamentos, Kumai lhe disse:

— Bom, esse é o resumo da ópera. Vamos pra casa, já está tarde.

Iwata voltou ao dormitório da empresa, um quartinho sem graça de treze metros quadrados, e se deitou. Não conseguia tirar o desenho de Miura da cabeça. O que mais o intrigava era a questão das linhas auxiliares.

Nenhum dos desenhos do caderno apresentava essas linhas. Isso deve indicar que Miura não era uma pessoa habituada a usar linhas auxiliares para desenhar. Sendo assim, por que se viu obrigado a traçá-las com tanto cuidado apenas no desenho das montanhas? Talvez fosse pela necessidade de representar a paisagem com exatidão.

Também lhe confundia o fato de ter feito vincos no papel. Ele podia simplesmente ter traçado as linhas com a caneta. Por que escolheu esse procedimento mais trabalhoso?

Quanto mais pensava, menos entendia.

Iwata soltou um pequeno suspiro e se revirou na cama. Seus olhos se detiveram no calendário pendurado na parede. Logo seria setembro. Faria três anos da morte de Miura.

*Sabe, Iwata, eu sempre vou no monte K para desenhar. A visão das montanhas lá da oitava parada até o topo é magnífica! Na próxima, vou levar você para te mostrar a paisagem. Você vai ver que todos os problemas parecem sumir quando a gente chega lá.*

*Acho que vou subir a montanha mês que vem*, pensou Iwata.

Ele sentiu vontade de ver ao menos uma vez a paisagem que Miura amara tanto.

---

## AÇÕES DE MIURA NO DIA DO INCIDENTE

### DIA 20 (DOMINGO)

7h40 – Saída de casa
7h50 – Chegada na escola
8h00 – Início da reunião do Clube de Artes
13h00 – Fim da reunião e saída da escola
13h10 – Encontro com Toyokawa em frente à estação
        Compras no supermercado
13h30 – Chegada ao monte K e início da subida
14h30 – Chegada à quarta parada
        Depois do almoço, sessão de desenhos
15h30 – Despedida de Toyokawa, retomada da subida
17h00 – Chegada à clareira da oitava parada
        Desenho das montanhas no verso da nota fiscal
        Assassinato logo em seguida

### DIA 21 (SEGUNDA-FEIRA)

9h00 – Descoberta do corpo

---

- Mais de duzentas lesões resultantes do ataque → ódio extremo?
- Roubo de saco de dormir e comida → álibi forjado?
- Desenho da cordilheira no verso da nota fiscal → por quê?

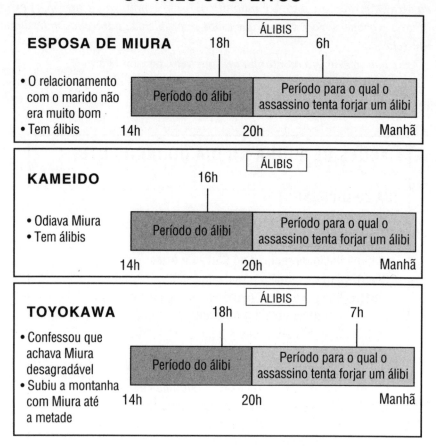

No dia seguinte, na hora de almoço, Iwata abriu a agenda em sua mesa. Havia registrado um esboço das informações que Kumai havia lhe passado sobre o caso. Quanto mais pensava, mais suspeito Toyokawa parecia. Porém, não havia evidências concretas e, de acordo com Kumai, sua motivação para o crime era fraca.

O motivo... Iwata pensara sobre isso na noite anterior. Será que Toyokawa não escondia em seu coração algum rancor mais profundo? Após se conhecerem na universidade, Miura e Toyokawa mantiveram um relacionamento amigável por mais de vinte anos. Nesse meio-tempo, algum sentimento em relação a Miura podia ter amargado. Iwata achava que isso era uma boa hipótese.

Queria conversar com Toyokawa — queria entrevistá-lo.

Nesse instante, sentiu Kumai cutucar seu ombro.

— Você é dedicado, hein?

— Eu fiz um resumo das coisas que o senhor me contou ontem.

— Olha só. E mudando de assunto, como ficou aquela outra questão? O papo de se demitir.

— Ah... Acho que vou continuar mais um pouco aqui.

— É melhor mesmo. Hoje em dia, não dá pra jogar fora assim um salário fixo. Você sempre vai ter a opção de virar jornalista independente. Não tem por que se apressar.

— Aliás... tudo bem eu fazer esse trabalho jornalístico nos dias de folga?

— Que trabalho?

— Eu não quero causar problemas para a companhia. Mas também quero continuar investigando o caso do professor Miura por minha conta, sem envolver o jornal.

— Continuar investigando? E como você pretende fazer isso?

— Quero conversar com Toyokawa, saber o que ele pensava do professor Miura de verdade. Quero perguntar pessoalmente para entender os motivos dele.

Depois de pensar um pouco, Kumai, com uma cara séria, disse:

— Se a empresa não ficar sabendo, não vai ter problema. Mas eu sou contra.

— Ué, por quê?

— Olha só: Toyokawa pode não ter sido preso, mas é muito provável que ele seja o assassino. Imagine dizer pra esse cara: "Com licença, amigo, estou investigando um assassinato. Poderia me dizer se você por acaso odiava a vítima?". Tem risco de ele reagir violentamente se achar que você pode desencavar o caso.

— Mas...

— Jornalismo é uma profissão de risco. Você precisa ter meios de se defender, e isso não é fácil. É preciso experiência, Iwata. E além de não ter experiência como jornalista, você ainda é muito imaturo. É melhor não se meter em nenhuma situação perigosa.

— Eu entendo. Só que...

— Bom, se você quer tanto assim perguntar coisas pro Toyokawa, será que não seria melhor tentar um bate-papo?

— Bate-papo?

— Graças àqueles arranjos do Miura, Toyokawa ia todo sábado dar aulas como professor convidado no Clube de Artes. Existe a possibilidade de ele ainda fazer isso hoje. Você estudou lá, não foi? Pode fazer uma visita à sua antiga escola como ex-aluno. É melhor abordar o Toyokawa como uma pessoa comum, não como jornalista. Dá pra inventar alguma desculpa pra se encontrar com ele e, no meio da conversa despretensiosa, você coleta as informações discretamente.

— Faz sentido...

— No fundo, uma entrevista é simplesmente uma conversa. Tente começar assim.

— Certo. Muito obrigado!


No sábado da semana seguinte, após meia hora sacudindo no trem, Iwata desceu na estação mais próxima de sua ex-escola. Quase não usava aquela estação em seus tempos de estudante, pois costumava ir de ônibus da casa do avô. Mesmo assim, aquela região tinha uma atmosfera que lhe parecia nostálgica agora. Iwata se pôs a caminhar.

Cerca de quinze minutos se passaram até que avistou a familiar construção de madeira. Podia ouvir os alunos dos clubes esportivos praticando no pátio. Fazia uns seis meses que não passava por lá. Iwata foi até a secretaria pegar o crachá de visitante e as sapatilhas especiais para circular na escola. Depois, dirigiu-se à sala dos professores.

Do corredor, via as salas de aula, banheiros, escadas... Nada mudara. Iwata sentia certo desconforto. Até meio ano atrás, aquele era um lugar que frequentava naturalmente, mas agora lhe parecia um outro mundo. Agora que era adulto, o prédio gelado o rejeitava... *Você já não é mais parte daqui*, parecia dizer.

Entretanto, ele foi muito bem recebido ao chegar à sala dos professores. Alguns conhecidos dos tempos do ensino médio correram para recepcioná-lo.

— Iwata, há quanto tempo! Como você está?

— Você entrou para aquele jornal, não foi? Está escrevendo matérias, então?

— Olha só! Você vai naquelas coletivas de imprensa agora?

Sorrindo e tentando esquivar-se do bombardeio de perguntas, o rapaz andou até a escrivaninha nos fundos da sala, onde uma professora cuidava de burocracias. Era Maruoka, que passou a dar as aulas de artes após a morte de Miura. Ela também herdara dele a função de conselheira do Clube de Artes, pelo que Iwata ouvira.

A professora tinha um estilo um tanto excêntrico, com uma permanente nos cabelos e um macacão. Por seu jeito imperturbável, que divertia os estudantes, havia recebido deles o apelido carinhoso de Maruzinha. Mesmo não tendo contato com ela fora da sala de aula, essa sua personalidade tão distinta havia ficado marcada na memória de Iwata.

— Professora Maruoka, quanto tempo! Eu sou Shunsuke Iwata. Até ano passado, fazia aulas de artes com a senhora.

— Nossa! Há quanto tempo, né? Eu percebi o rebuliço dos outros professores agora. Você tá trabalhando como repórter, é isso?

— Não sou jornalista, não, mas estou trabalhando no jornal.

— Uau, que bacana! E aí, o que veio fazer aqui hoje?

— Bom, eu queria perguntar uma coisa para a senhora. Antigamente tinha uma pessoa, o sr. Toyokawa, que frequentava o Clube de Artes como professor convidado. Ele continua vindo?

— Ele saiu. Já faz bastante tempo.

Era tarde demais... Iwata baixou os ombros.

— E por que ele saiu?

— Ele teve que se mudar daqui, acho que devido a uma transferência na empresa onde trabalhava.

— E a senhora sabe para onde ele se mudou?

— Puxa, já não me lembro. A Kame talvez saiba.

— Kame?

— A menina que entrou como professora convidada no lugar do Toyokawa.

— Por acaso seria a Kameido, que comandava o Clube de Artes como aluna?

— Vocês se conhecem? É ela mesma. A Kame agora faz faculdade de artes e vem toda semana me ajudar, como um trabalho de meio período. Ela tá agorinha fazendo uma atividade com o clube. Já vai acabar. Quer que eu te leve lá para falar com ela?

— Claro, por favor!

Era uma coincidência inacreditável. A ideia de ver Toyokawa tinha falhado, mas era muita sorte poder encontrar outra pessoa envolvida no caso. Iwata acompanhou Maruoka até a sala do clube. Uma multidão de alunos vinha saindo, as atividades pareciam ter terminado naquele exato momento. Depois que o rígido Miura se fora, o clube devia ter aumentado. Eles se despediam da professora.

— Maruzinha! A gente deu duro hoje!

— Ah, que ótimo! Bom descanso, pessoal.

A relação de amizade que transparecia seria impensável entre professor e alunos pouco tempo antes. Se algum estudante tentasse falar informalmente assim com Miura, provavelmente receberia um sermão de uma hora. Iwata deixou escapar um sorriso sarcástico.

Dentro da sala, uma moça jovem lavava pincéis sozinha. Maruoka gritou em sua direção:

— Kame! Tem um rapaz *jornalista* aqui que quer falar com você!

Aturdido, Iwata pensou em corrigi-la, mas já era tarde.

— Bom, vou deixar vocês à vontade para conversar — disse Maruoka, saindo no mesmo instante.

Uma tensão tomou a sala quando os dois se viram sozinhos. Kameido encarava Iwata com olhos desconfiados. Era esperado que achasse estranha essa visita abrupta de um "jornalista". Para fazê-la baixar a guarda, Iwata se esforçou ao máximo para abrir um sorriso amigável.

— Srta. Kameido, peço desculpas por ter aparecido aqui assim do nada. Meu nome é Shunsuke Iwata. Sou ex-aluno da escola.

— Ex-aluno?

— Sim. Estou trabalhando em um jornal, mas isso não é nenhuma entrevista. Eu queria lhe perguntar algo de interesse puramente pessoal. Posso tomar um pouco do seu tempo?

— Tudo bem... Sente-se, por favor.

Os dois se sentaram frente a frente na grande mesa de madeira. Vendo-a melhor, Iwata percebeu que ela tinha um rosto muito bonito, com olhos castanho--escuros grandes e vivazes e uma pele quase transparente, de tão pálida. Os cabelos negros presos para trás deviam ter um comprimento considerável quando soltos. Por causa da diferença de dois anos entre as turmas, eles não se conheciam, mas agora Iwata se espantava com a ideia de ter estudado na mesma escola que uma mulher tão bonita.

— Eu queria perguntar sobre o professor convidado que dava aulas aqui antes, o sr. Toyokawa. Você o conhecia?

— Conhecia. Na minha época, tínhamos aula com ele toda semana.

— Ouvi que ele se mudou por umas questões da empresa onde trabalhava. Você saberia dizer onde ele mora agora?

— Estou certa de que ele foi para a província de Fukui, mas não sei o local exato. Você tem algo a tratar com o sr. Toyokawa?

— Então... eu gostaria de perguntar uma coisa a ele.

— Por acaso é sobre o professor Miura?

Iwata ficou atordoado.

Claro, ao ouvir que uma pessoa do jornal estava procurando Toyokawa, não era difícil que ela fizesse a associação com a morte de Miura. Porém, havia algo mais na expressão e na voz de Kameido. Em vez de tentar desconversar, Iwata achou que seria melhor ser franco.

— É. Na verdade, eu era muito grato ao professor Miura...

— Como é?!

— Agora, devido a esse interesse pessoal, estou pesquisando sobre o que aconteceu com ele. Hoje eu vim aqui com a intenção de conversar com o sr. Toyokawa, já que ele está relacionado ao caso.

— Então foi por isso...

— Srta. Kameido, se souber alguma coisa sobre ele, qualquer coisa que seja, preciso lhe pedir que por favor me conte.

— Não tenho certeza se posso falar sobre isso, mas... — Kameido baixou a voz, preocupada com os arredores: — Eu... acho que quem matou o professor Miura foi o sr. Toyokawa.

* * *

Eram palavras estarrecedoras.

— Por que acha isso?

— O sr. Toyokawa... parecia ter um ódio mortal do professor Miura.

— Ódio mortal?

— Sim. Eu fiquei sabendo de uma coisa depois do incidente. Naquela época, eu tinha aulas de design com ele todo sábado. Depois que o professor Miura morreu, o sr. Toyokawa começou a falar mal dele no meio de uma aula. Coisas do tipo "esqueçam tudo que o Miura ensinou" e "no fundo ele era só um funcionário público, não tinha talento nenhum para a arte", entre outras coisas. Era como se estivesse batendo no falecido.

— É a primeira vez que ouço isso... Eu já sabia que o sr. Toyokawa achava o professor Miura irritante e meio egoísta. Mas para que ficar diminuindo o talento artístico dele desse jeito?

— Ele tinha motivos bem profundos para isso. Eu soube que o sr. Toyokawa era um desenhista talentoso desde criança e entrou na universidade de artes com as melhores notas. Ele era bom a ponto de ter sido indicado para fazer o discurso na cerimônia de admissão da sua turma. Já o professor Miura entrou por pouco na universidade, muito abaixo dele na classificação... O próprio professor contava isso como uma anedota. Pelo que ouvi, embora fossem colegas, eles tinham uma relação quase de mestre e pupilo, com o sr. Toyokawa ensinando ao professor Miura como desenhar.

— Eu não fazia ideia disso...

— Só que depois que eles entraram no mercado de trabalho essa relação se inverteu. O sr. Toyokawa entrou numa firma de design em Tóquio logo depois de se formar, mas como não podia fazer as coisas como queria, acabou se indispondo com a empresa e se demitiu depois de alguns anos. Quem o ajudou enquanto estava buscando outro emprego foi o professor Miura. E ele ainda conseguiu esse bico de professor convidado no Clube de Artes. Acho que não tinha como alguém orgulhoso assim não ficar frustrado por ter que depender da caridade de uma pessoa que ele mesmo havia orientado antes... É o que eu penso agora. Mas essa última parte é só suposição minha.

— Imagina, é muito esclarecedor. Você sabe bastante a respeito do sr. Toyokawa, né? Vocês mantinham contato fora do Clube de Artes?

— Sim. Jantávamos juntos com frequência na casa do professor Miura.

— Sério? Na casa dele?

— Isso. Depois do incidente, eu frequentei bastante a casa do professor. Pensei que devia ser muito pesado para a esposa fazer tudo sem ele, então me ofereci para ajudar com as refeições, com o filho deles, coisas assim.

Iwata achou isso muito curioso. Não havia dúvida de que Kameido tivera bastante apoio de Miura no clube, mas ir consolar a família enlutada daquele jeito parecia algo que nem mesmo um professor faria por um aluno. Além do mais, Kameido supostamente odiava Miura.

— Naquela época, o sr. Toyokawa também ia bastante lá. Ele sempre comprava algo para comermos, tipo carne ou peixe.

— Então mesmo falando mal do professor Miura, ele ainda se preocupava com a família dele.

— Não. É que... ele tinha um objetivo.

— Objetivo?

— Eu o peguei várias vezes olhando a esposa do professor de um jeito bem indecente.

— É mesmo?!

— Sim. Ela morria de medo dele... Eu mesma não sabia como agir...

O caráter imoral de Toyokawa ficava cada vez mais evidente. Mas, ao mesmo tempo que sua desconfiança em relação a ele aumentava, Iwata começava também a suspeitar de Kameido.

— Srta. Kameido, muito obrigado por essa conversa, me ajudou muito. Só pra encerrar... eu queria perguntar mais uma coisa: o que você achava do professor Miura?

— O que eu... Por que a pergunta?

— Na época do incidente, você deu um depoimento dizendo que o odiava. Mas mesmo assim foi ajudar a família dele e consolar sua esposa... Por que fez isso?

Kameido baixou a cabeça e disse, constrangida:

— É porque eu gostava dele.

— Hã?

— Eu amava o professor Miura. Mas também não menti quando disse que o "odiava"... Ele vivia me dando broncas, tinha uma série de defeitos... Mesmo assim, ninguém mais se preocupava tanto comigo...

A torrente de palavras inesperadas seguia brotando dos lábios dela.

— Eu não me dou muito bem com meus pais... A gente simplesmente se ignora. Eu sentia como se o professor fosse um pai para mim, eu me rebelava e tentava odiá-lo, mas... quando ele morreu... foi uma dor muito forte, como se eu tivesse perdido um pedaço meu. Chorei por dias... Acho que talvez eu tivesse sentimentos *ainda maiores* em relação a ele.

— Está dizendo que se apaixonou?

— Acho que sim. Mas eu tinha muita vergonha, não queria que ninguém soubesse... Nos depoimentos à polícia, fiz questão de dizer que o odiava para tentar negar esse sentimento. Tinha a impressão de que era o único jeito de não perder o controle das minhas emoções... Mesmo agora, quando lembro do professor...

O rosto de Kameido enrubesceu e ela começou a chorar. Iwata ficou sem reação. Ao mesmo tempo, sentia que aquilo era bom para ele de alguma forma.

Recordou-se que, quando o professor morreu, nenhum colega chorou. Os estudantes já tinham julgado e condenado aquele homem chamado Yoshiharu Miura. Na época, um aluno chegara a dizer:

— Que bom que aquele insuportável já era.

Ninguém fez coro ao comentário, mas ficou claro pela atmosfera que a maioria dos alunos pensava o mesmo.

Iwata se sentira solitário. Ele era mesmo a única pessoa do mundo a se entristecer pela morte de Miura? Fora assim que se sentira. Agora, ao ver Kameido derramar lágrimas na sua frente, pensou que encontrava pela primeira vez alguém como ele.

— Srta. Kameido, eu agradeço de verdade por hoje. O professor Miura era alguém a quem eu devia toda a minha gratidão. Fico muito contente de achar uma pessoa como você, que também lamenta a morte dele.

— Digo o mesmo.

— Falando nisso, estou planejando subir o monte K no dia 20 deste mês. É aniversário de falecimento do professor, então pensei em fazer isso como homenagem à alma dele. Se tiver tempo, gostaria de ir junto?

— Muito obrigada pelo convite. Mas nesse dia vou ter uma aula que não posso cancelar...

— Ah, que pena.

— Sinto muito por ter que recusar. Mas... se ano que vem você tiver intenção de fazer o mesmo, vou querer acompanhá-lo.

— Claro! Vou deixar meu cartão de visitas com você. Se precisar, pode entrar em contato.

— Obrigada. Acho que seria bom eu também entregar o meu cartão, não é?

— Hã? Você já tem cartão de visitas mesmo como estudante universitária?

— Tenho. Eu fiz como trabalho de uma disciplina da faculdade. Dá um pouco de vergonha, mas... pode pegar.

O cartão que a moça lhe entregou tinha um design bonito.

Ao lado de uma ilustração colorida de flores, estava impresso o nome dela em ideogramas e também no alfabeto latino:

亀戸由紀

YUKI KAMEIDO

Iwata agradeceu e se levantou da cadeira.

Nesse momento, um desenho no canto da sala lhe chamou a atenção: era a imagem de um gato. Estava apoiada sobre um cavalete de madeira. Por algum motivo, a tela inteira tinha sido furada com uma série de pequenos buracos em intervalos regulares.

— Srta. Kameido, o que é aquele desenho?

— Ah! Os furinhos te deixaram curioso? Aquilo é uma tela para fazer desenhos que podem ser vistos sem os olhos.

— Como assim sem os olhos?

— Temos uma aluna cega no Clube de Artes, então a professora Maruoka pensou numa estratégia para ajudá-la. Você já tentou desenhar de olhos fechados, sr. Iwata?

— Não...

— É como naquela brincadeira de Ano-Novo, de vendar a pessoa e pedir pra ela colar os olhos, o nariz e a boca em um rosto desenhado numa folha. É bem difícil fazer qualquer trabalho manual sem enxergar o que está na sua frente. Desenhos em especial, pois não sabemos nem em que lugar da tela traçar uma linha. No entanto, com esses furinhos você consegue confirmar cada posição pelo tato e traçar as linhas usando eles de referência.

"Por exemplo, unindo o ponto central da fileira mais alta com um ponto da esquerda e outro da direita da fileira inferior, dá para desenhar um triângulo. Você pode transpor a imagem que tiver na cabeça para a tela mesmo sem enxergar. A aluna consegue acompanhar várias atividades de desenho com esse método, seja desenhando figuras de pessoas, animais etc."

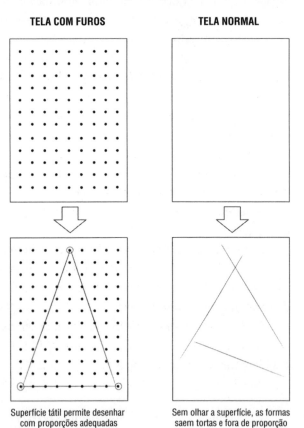

TELA COM FUROS — Superfície tátil permite desenhar com proporções adequadas

TELA NORMAL — Sem olhar a superfície, as formas saem tortas e fora de proporção

— Ela desenha se guiando pelo tato...
Foi então que uma luz se acendeu na mente de Iwata.
A tela furada o fez pensar de novo em algo que ainda o perturbava.
E se as dobras do desenho de Miura tivessem o mesmo propósito que esses furinhos? A formação dos vincos criava vários pontos em alto relevo no papel. Talvez Miura não quisesse traçar linhas, mas marcar os pontos. Era a mesma ideia das telas furadas que Maruoka havia feito para a aluna cega do clube. *Um artifício para desenhar sem enxergar o papel.*

Se essa lógica estivesse correta, então Miura *havia desenhado aquela imagem sem poder ver o que fazia.*

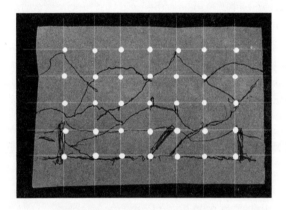

Mas ainda era estranho.

Se o criminoso o vendou ou algo do gênero, naturalmente Miura não poderia fazer uma reprodução exata da cadeia de montanhas sem vê-las. Ele parecia ter desenhado ainda com elas no campo de visão. Mas, se ele conseguia ver o que fazia com as mãos... em que circunstâncias isso tinha acontecido?

Iwata pensava alvoroçado. Então, chegou a uma conclusão.

Talvez ele estivesse com as mãos amarradas às costas.

*O bandido amarrou o corpo do professor Miura. Com as duas mãos atadas nas costas, o professor tirou a caneta e o recibo do bolso de trás e tentou desenhar. Só que ele não teria como desenhar sem ver o papel. Assim, ele dobrou o papel e fez o desenho às cegas, guiando-se com os dedos para achar os pontos.*

Ainda assim restavam dúvidas.

Havia mesmo a possibilidade de se fazer um desenho com as mãos amarradas para trás?

Supondo que sim, poderia o assassino não ter percebido nada e deixado que ele o terminasse?

E qual tinha sido a intenção de Miura ao desenhar aquilo nessas condições?

Ainda havia um monte de questões incompreensíveis, mas Iwata sentiu que havia feito uma descoberta importante.

Na manhã do dia 20 de setembro, o rapaz deixou seu dormitório com uma mochila na qual havia socado uma barraca e um saco de dormir recém-comprados, além de um caderno de esboços. A princípio, pretendia fazer um passeio de um dia só, mas por coincidência surgiu a possibilidade de tirar uma folga prolongada, o que o levou a estender a jornada a um pernoite acampando. Iwata se impôs uma missão: ele recriaria em detalhes o dia do crime. Isto é, seguiria a rota tomada por Miura conforme os horários estabelecidos. Queria experimentar por conta própria os cenários que Miura vira naquele dia.

Ele chegou na estação de trem por volta das 13h e comprou suas refeições no supermercado em frente. *Anpan*, sanduíche de porco empanado e um Bentô Alegre. Depois disso, pegou um táxi até o monte K. Chegou à base da montanha um pouco antes das 13h30, aproximadamente no horário estimado.

---

## AÇÕES DE MIURA NO DIA DO INCIDENTE

7h40 – Saída de casa
7h50 – Chegada na escola
8h00 – Início da reunião do Clube de Artes
13h00 – Fim da reunião e saída da escola
13h10 – Encontro com Toyokawa em frente à estação
         Compras no supermercado
13h30 – Chegada ao monte K e início da subida
14h30 – Chegada à quarta parada
         Depois do almoço, sessão de desenhos
15h30 – Despedida de Toyokawa, retomada da subida
16h00 – Último avistamento da vítima, perto da sexta parada
17h00 – Chegada à clareira da oitava parada

---

Era um dia claro e atipicamente quente para a segunda quinzena de setembro, e havia uma quantidade considerável de pessoas. Iwata conferiu o relógio de pulso e iniciou a subida.

Após cerca de uma hora andando pela tranquila trilha principal, ele chegou à primeira área de descanso: a praça da quarta parada. As seis mesas de lá já estavam totalmente ocupadas por visitantes. Sem outra saída, o rapaz sentou-se junto às raízes de uma árvore e abriu a marmita comprada havia pouco no mercado.

*Iwata, você já conhece isso aqui? É o Bentô Alegre, a marmitinha que vendem no supermercado em frente à estação. Gosto tanto dela que compro todo dia. Acabei comprando a mais, então se quiser pode levar pra casa. Coma junto com o seu avô!*

Miura comprava e trazia todo dia duas dessas refeições prontas. Bolinhos de carne com molho agridoce. Tempurá de legumes cortados em pedaços grandes. Arroz com uma conserva de ameixa. Tinha o mesmo sabor daquela época.

Quando terminou de comer, tirou da mochila o caderno de desenhos e um lápis. Naquele dia, Miura havia desenhado no lugar onde ele estava. Iwata não era muito hábil no desenho — mas, se queria recriar o dia do crime, tinha que se atentar a todos os detalhes.

Primeiro, tentou desenhar uma flor que desabrochara perto da base da árvore onde estava sentado. Porém, não conseguiu reproduzi-la tão bem quanto queria. Terminou seu desenho dolorosamente feio só depois de meia hora de sofrimento.

— Eu não tenho mesmo nenhum senso artístico... — murmurou, fechando o caderno.

Viu no relógio que havia acabado de passar das 15h20.

Naquele dia, Miura deixara a praça por volta das 15h30, então ainda faltavam dez minutos. Entretanto, surgiu uma pequena preocupação: diferente do professor, Iwata não estava acostumado ao trajeto. Não subia aquela montanha desde que era criança. Havia a possibilidade de não conseguir chegar até a oitava parada às 17h em ponto. Pensou que talvez devesse sair antes do horário, por via das dúvidas. Poderia ajustar o passo no meio do caminho, caso estivesse adiantado.

Iwata guardou o caderno e deixou a quarta parada.


Ele acertara em sua previsão: ao chegar na sexta parada, passava das 16h. Se tivesse cumprido os horários à risca, com certeza se atrasaria. De fato, Iwata tinha um passo mais lento do que o de Miura.

Parou uma vez para beber um pouco da água do cantil. Ao olhar para cima, viu que o céu estava vagamente alaranjado a oeste. O sol já começava a se pôr. A partir dali, teria que se apressar para chegar a tempo. Pôs-se a andar mais rápido.

Passando a sexta parada, o caminho ficou mais íngreme. Graças às cordas que marcavam a trilha, não havia como se perder, mas era bem mais difícil caminhar pela rota não pavimentada. Pedras do tamanho de pequenos animais se desprendiam e rolavam ladeira abaixo por todos os lados e, se ele não prestasse atenção, poderia acabar caindo. Insetos nojentos que ele nunca tinha visto antes apareciam de vários cantos.

Resistindo ao desânimo que começava a bater, Iwata continuou a caminhar. Depois de mais ou menos uma hora, finalmente enxergou a placa da clareira da oitava parada e suspirou aliviado. Era pouco antes das 17h. Valera a pena se apressar: conseguiu chegar no horário programado.

A clareira da oitava parada era uma área aberta com as dimensões de uma praça infantil. Diferentemente da quarta parada, não havia nenhum banco ou outro equipamento, o que tornava o lugar amplo o bastante para montar barracas.

Embora fosse perfeito para acampar, não tinha mais ninguém além de Iwata ali. Não era de espantar. Afinal, alguns anos antes, aquele lugar havia sido o palco de um assassinato.

O rapaz largou a pesada mochila no chão e alongou as costas.

Tirou do bolso a nota fiscal que tinha recebido no mercado em frente à estação. Por algum motivo, Miura havia feito um desenho das montanhas naquele lugar logo antes de morrer. Se Iwata reproduzisse aqueles gestos, talvez entendesse as intenções do professor.

Ele puxou um lápis e voltou sua atenção para o oeste. Assim veria a bela cadeia de montanhas, a paisagem tão adorada por Miura.

O que se revelou diante dos seus olhos, no entanto, era uma vista inacreditável. *Aquela paisagem... era diferente.*

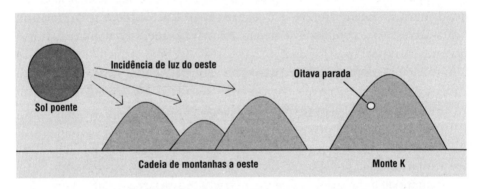

Sob o céu do entardecer, *a cordilheira havia se tornado uma massa única, totalmente escura.*

Iwata ficou confuso por um instante, mas logo compreendeu: era a luz de fundo.

Naquela época do ano, o crepúsculo ocorria por volta das 17h30. Eram 17h — faltava ainda meia hora para o sol chegar à linha do horizonte.

As outras montanhas estavam posicionadas a oeste do monte K.

O sol, que começava a descer naquela direção, brilhava intensamente por trás das montanhas. A serra parecia mais escura devido a essa luz de fundo que se observava a partir da oitava parada. Se fosse no início da tarde, os raios incidiriam de cima, deixando os contornos de cada montanha mais distintos. Nesse horário, contudo, não era possível distingui-los.

Iwata se lembrou do desenho feito por Miura.

Era possível enxergar todos esses contornos, e ele havia reproduzido até as duas antenas no topo de uma montanha. Parecia-lhe que não havia maneira possível de o professor conseguir enxergar todos esses detalhes naquele horário. O crime ocorrera naquele mesmo dia havia três anos. O horário do pôr do sol era praticamente o mesmo. A paisagem vista daquele ponto também devia ser mais ou menos a mesma.

*Será que o professor chegou na oitava parada mais cedo... num horário em que ainda estava claro?*

Ele logo descartou a hipótese. Era impossível.

Iwata havia saído da quarta parada dez minutos antes de Miura, e ainda fora mais rápido que ele no caminho até ali. Para chegar antes disso, só se ele tivesse corrido. Por mais que o professor estivesse acostumado à montanha, não dava para conceber que tivesse feito o caminho correndo e carregando todo seu equipamento pesado. Além disso, a trilha a partir da sexta parada ficava mais íngreme e não tinha qualquer pavimentação. Se corresse naquele trecho, certamente acabaria tropeçando e caindo em algum momento.

Não havia dúvidas de que Miura tinha chegado ali naquele horário, ou até mais tarde.

Então como tinha feito aquele desenho?

Depois de algum tempo, o sol se pôs por trás das montanhas, deixando toda a área mergulhada numa escuridão difusa. Iwata decidiu parar de conjecturar um pouco e montar acampamento. Armou a barraca, entrou, ligou a lanterna a pilha e tirou da mochila o *anpan* e o sanduíche comprados no mercado.

Pensou sobre qual deles Miura pretendia jantar. Lendo as datas de validade dos dois, notou que a do sanduíche dizia "20/9, 22h00" — era melhor consumi-lo ainda naquele dia e até as dez da noite. O *anpan*, em contrapartida, duraria até o final de semana. Isso significava que era mais provável que ele comeria o sanduíche à noite e deixaria o bolinho para o café da manhã.

Iwata abriu a embalagem do sanduíche de porco empanado e deu uma mordida. Não estava muito bom. Dizem que o paladar fica menos apurado no topo de montanhas — talvez fosse por isso.

Tomou um bom gole da água do cantil para ajudar a comida a descer melhor.

Nesse instante, Iwata teve um estalo.

— Não pode ser... Foi assim...?!

Seu corpo foi tomado por um choque, o coração acelerou e toda a pele se arrepiou.

O cadáver desfigurado, os alimentos roubados, o desenho no recibo... Todos os elementos iam se conectando.

— Então foi assim que o professor Miura fez o desenho das montanhas.

Iwata saiu da barraca e fitou o horizonte a oeste. As montanhas já tinham se dissolvido na escuridão noturna e não podiam mais ser vistas.

No entanto, dali a algumas horas, o sol nasceria e revelaria novamente a silhueta de cada montanha. A polícia, Kumai e até mesmo Iwata haviam cometido um engano fatal em suas suposições.

*Miura havia desenhado a cadeia de montanhas iluminada pelo sol da manhã.*
Só havia uma explicação para ele ter feito aquele desenho.
*Eu sobrevivi até a manhã...* Não seria esse o fato que ele tentou registrar?

Os resultados da autópsia estimavam que o professor havia morrido por volta das 17h do dia 20 de setembro. Mas, se Miura tivesse sobrevivido até o nascer do sol da manhã seguinte, quer dizer que a polícia tinha errado o horário em mais de dez horas. Um erro assim seria impensável, especialmente para os altos padrões de excelência da polícia japonesa.

Mas e se o criminoso tivesse se valido de alguma estratégia para propiciar esse erro de cálculo de mais de dez horas? Iwata acabou se dando conta do tipo de artimanha aplicada.

Kumai havia lhe dado a dica anteriormente:

*Apesar de estar danificado a ponto de dificultar a autópsia, felizmente, se é que posso dizer isso, os legistas detectaram alimentos não digeridos no estômago dele. Aparentemente era o conteúdo daquele Bentô Alegre.*

*Analisando a fase da digestão, dá pra determinar quanto tempo se passou entre a refeição e a hora da morte. Estima-se que Miura tenha morrido aproximadamente duas horas e trinta minutos depois de comer.*

Com base nisso, a polícia pensou que o professor havia morrido duas horas e trinta minutos após o almoço na quarta parada. Porém, invertendo o raciocínio, seria possível fabricar uma estimativa falsa da hora da morte.

Este seria um resumo dos fatos: por volta das 17h do mesmo dia, três anos antes, Miura chegou àquele lugar, montou sua barraca e comeu seu jantar — provavelmente o sanduíche. Depois, entrou no saco de

dormir e pegou no sono. O criminoso só apareceu ali após o amanhecer. Ele arrastou Miura, ainda sonolento, para fora da barraca, tirando-o do saco de dormir, e amarrou suas mãos atrás do corpo. A seguir, alimentou-o à força com mais um Bentô Alegre, usando água para fazer a comida descer. Deixou-o amarrado por umas duas horas e meia e, por fim, o matou.

Isso faria com que a comida da marmita fosse detectada no cadáver como tendo sido ingerida duas horas e meia antes, levando a perícia a cometer um erro de estimativa de mais de dez horas. Com base nesse horário fabricado, o criminoso poderia achar quantos álibis quisesse. Qualquer pessoa que conhecesse Miura bem sabia que ele comia esse mesmo tipo de marmita todo dia. Ela estava sempre à venda no mercado perto da estação, não era difícil conseguir uma.

Tratava-se de um truque simples, que Iwata inclusive já conhecia — havia lido sobre ele. Era um elemento clássico de vários romances policiais: forçar a vítima a comer algo para interferir nos resultados da autópsia.

Aproximadamente 17h:
Miura chega à oitava parada

Monta a barraca e janta

Depois entra no saco de dormir e adormece

Após o amanhecer, o assassino chega à oitava parada

O assassino amarra Miura e o força a comer a marmita

Depois mata Miura

Porém... quer dizer, justamente por esse motivo, ele não havia considerado esse artifício. Tinha descartado essa ideia logo de cara, era tão improvável que mesmo considerá-la parecia tolice. Afinal, a técnica era sobretudo usada na ficção. Se alguém tentasse usá-la no mundo real, a polícia não se deixaria enganar assim tão fácil, havia muitas outras formas de se deduzir a hora da morte de alguém além de verificar o conteúdo do estômago.

Uma delas era o rigor mortis. Depois que alguém morre, todos os músculos do corpo se tensionam gradualmente, para depois perderem a rigidez. Pode-se dizer que a velocidade com que isso ocorre é basicamente a mesma para todos. Isso significa que a partir do estado de rigidez do corpo é possível deduzir a hora da morte.

Além dele, ainda existem vários outros métodos, como checar a opacidade dos globos oculares ou o nível de coagulação na corrente sanguínea. A análise do conteúdo estomacal não passa de um entre muitos.

Então foi por isso...

*Foi esse o motivo que levou o assassino a atacar Miura de um modo tão violento.*

*Apesar de estar danificado a ponto de dificultar a autópsia, felizmente, se é que posso dizer isso, os legistas detectaram alimentos não digeridos no estômago dele.*

Em outras palavras, com a violência dos ferimentos, não havia outra maneira de determinar a hora da morte senão pela análise do conteúdo do estômago.

Foi partindo dessa lógica que o criminoso traçou seu plano. O nível de destruição que deixou o cadáver num estado em que "quase não se parecia com um corpo humano", com mais de duzentas lesões violentas, era uma forma de impedir que utilizassem outras informações como pista. A polícia havia interpretado erroneamente que a motivação para a brutalidade teria sido um rancor profundo.

Seguindo essa linha também era possível explicar o verdadeiro motivo para o saco de dormir ter sido roubado.

Na noite do dia 20, Miura montou sua barraca, enrolou-se no saco e dormiu ali mesmo. Se o objeto fosse encontrado na cena do crime, ficaria evidente que Miura havia passado a noite ali, tornando o truque da comida inútil. Desmontar e guardar a barraca era fácil, mas o saco de dormir denunciaria em sua aparência que havia sido usado. Por isso o assassino o levou.

O roubo da comida devia ter sido pelo mesmo motivo. À noite, Miura provavelmente havia comido o sanduíche. Mesmo supondo-se que já era meia-noite quando ele fez isso, seu estômago já teria se esvaziado novamente até o alvorecer. A autópsia não encontraria resquícios. Contudo, se faltasse apenas o sanduíche na cena do crime, a perícia ligaria os pontos: "Miura jantou o sanduíche", logo "Miura passou a noite aqui". Por isso o criminoso roubara o *anpan*. Se todos os alimentos tivessem sumido, a polícia concluiria que o criminoso os roubara. Ele os havia induzido ao erro.

Sem dúvida Miura desenhara a paisagem das montanhas a fim de comprometer o álibi fabricado do criminoso.

Talvez o professor tenha compreendido o plano do assassino, o truque para atrapalhar a dedução da hora da morte, justamente quando estava sendo forçado a comer. Nessa hora, ele teria puxado a caneta e o recibo do bolso, com as mãos amarradas para trás, e tentado escrever sua mensagem de forma discreta para que o assassino não se desse conta.

Miura provavelmente pensou: "O que devo deixar registrado?". Se ele escrevesse um nome ou tentasse explicar o artifício, havia o risco de o assassino descartar a nota quando a encontrasse. Ele arquitetou uma mensagem indireta, algo tão velado que quase poderia passar despercebido: a recriação do cenário das montanhas.

*Eu sobrevivi até a manhã...* Era isso que Miura queria transmitir.

Não havia como saber se o criminoso achou que não seria problema deixar o desenho na cena do crime — conforme Miura queria — ou se ele nem chegou a perceber a existência daquele pedaço de papel. Seja como for, o desenho acabou nas mãos da polícia. Até então, ninguém havia sido capaz de decifrar seu significado.

Então, quem era o assassino?

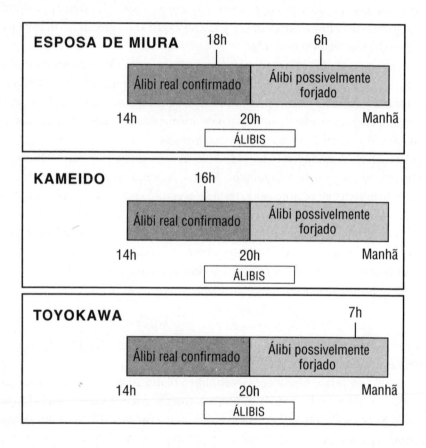

Nessa época do ano, o alvorecer ocorre por volta das cinco e meia da manhã. Como o corpo foi encontrado às 9h, o assassinato ocorreu nesse intervalo de tempo. Considerando-se o tempo de deslocamento, o crime se tornava impossível para a esposa de Miura, que tinha um álibi às 6h, e para Toyokawa, que tinha um álibi às 7h. Com isso, só restava uma pessoa...

Yuki Kameido.

Iwata ficou horrorizado.

Veio-lhe à mente aquele rosto cheio de lágrimas que ele vira na sala do Clube de Artes.

*Eu amava o professor Miura.*

Todas aquelas palavras foram uma mentira? Talvez ela tivesse de fato confessado seus sentimentos verdadeiros no depoimento a Kumai. Talvez tivesse matado o professor porque o odiava mesmo...

Não, não parecia ser tão simples. *Tinha matado Miura porque o amava.* Também existia essa possibilidade. O amor entre um professor e uma aluna... era inviável. Se fosse o caso, ela talvez tivesse preferido... Parecia o roteiro de uma novela clichê, mas não era uma motivação absurda para uma pessoa matar outra. Iwata já ouvira falar de casos assim.

Independentemente disso, restava uma grande dúvida.

Kameido era uma mulher pequena. Além disso, na época, era uma adolescente do terceiro ano do ensino médio. Como teria conseguido amarrar, alimentar à força e matar um homem adulto?

Por mais que pensasse, ele não conseguia responder essa pergunta. Precisava descer a montanha naquele instante e contar tudo isso à polícia. Entretanto, o sol já havia se posto, tudo à sua volta estava envolto na escuridão total.

Ele não tinha coragem de fazer o trajeto daquele jeito.

Um vento gelado e cortante soprou. A montanha era fria à noite. A temperatura cairia ainda mais durante a madrugada. Iwata entrou na barraca, tirou o saco de dormir da mochila e se enfiou dentro dele.

Quanto mais a noite adensava, mais violentamente o vento soprava, fazendo um ruído estrondoso. O canto dos insetos, um burburinho que lhe era estranho, ressoava em todas as direções.

Iwata não imaginava que pudesse ser tão inquietante passar uma noite ali. Fechou os olhos com firmeza, desejando dormir o mais rápido possível.

Quantas horas se passaram? Ele havia adormecido sem perceber.

Ao abrir os olhos, viu que ainda estava escuro. Do lado de fora da barraca, os uivos do vento e a algazarra dos insetos continuavam. Iwata fez menção de estender a mão e alcançar o relógio de pulso, que ele havia deixado perto do rosto para conferir as horas.

Foi nesse momento que notou algo estranho.

Suas mãos não se mexiam. Os dois braços estavam congelados ao lado do corpo. Da mesma forma, as pernas estavam firmemente unidas.

*Será... paralisia do sono?*

Quando criança, Iwata tinha episódios de paralisia do sono com frequência. Mas algo diferente estava acontecendo naquele momento.

Por algum motivo, ele conseguia mover livremente as mãos e os pulsos. Também conseguia mexer o pescoço, os olhos e a boca sem problemas. Só seus braços e suas pernas estavam imobilizados.

Não era paralisia do sono. O que havia acontecido?

À medida que despertava, voltava a ter uma noção melhor do próprio corpo. Percebeu uma estranha pressão nos braços e nas pernas, uma sensação de compressão... Iwata então percebeu que havia uma espécie de cordão envolvendo o saco de dormir de cima a baixo. Era a única explicação que conseguia imaginar. Porém, ainda não compreendia como havia chegado àquela situação. Estava na oitava parada da montanha. Não deveria haver mais ninguém ali.

Pouco depois, seus olhos se acostumaram à escuridão, e ele passou a enxergar vagamente dentro da barraca. Moveu o pescoço para tentar olhar ao redor. Quando voltou os olhos na direção das pernas... seu coração congelou.

Tinha alguém ali.

Tinha alguém sentado a seus pés. Não era possível distinguir o rosto, mas via-se que era uma pessoa de porte pequeno e cabelos longos. Uma mulher. Ele empalideceu. E então se lembrou.

Ele tinha contado a Yuki Kameido que iria até a montanha nesse dia.

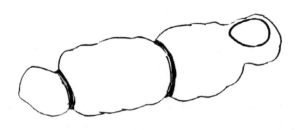

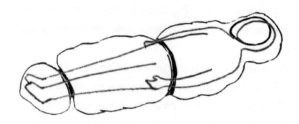

De repente, a mulher ergueu as mãos muito acima da cabeça. Ela segurava algo, um objeto rudimentar do tamanho de um animal pequeno. Alguma das tantas pedras que se desprendiam da trilha da montanha no caminho até ali. No instante seguinte, ela atingiu com força a perna de Iwata.

Crack.

Com o som, Iwata sentiu uma dor aguda na canela. Ele deu um grito abafado.

A mulher ergueu novamente as mãos e as lançou abaixo, impiedosamente.

Crack.

Algum osso da perna de Iwata quebrou com um ruído seco. Ele sentia que logo não conseguiria respirar de tanta dor.

Iwata se debateu com o corpo inteiro amarrado, resistindo com todas as forças. A mulher montou em cima dele e usou todo o peso do corpo para imobilizá-lo. Então tornou a golpear brutalmente suas pernas com a pedra, de novo e de novo.

Crack. Crack. Crack crack *crack crack crack crack crack crack crack crack crack crack crack crack crack crack crack crack crack crack crack crack crack crack crack crack crack crack crack crack crack crack crack crack crack crack* crack.

Com a dor incessante que o dilacerava, Iwata já havia perdido o fôlego. Ele lutava, dando curtas arfadas como se respirasse apenas com a parte de cima dos pulmões. A falta de oxigênio fez sua visão ficar branca. Finalmente, em meio à dor intensa e já quase sem ar, sua consciência se esvaiu para longe.


Quando abriu os olhos, o céu estrelado se revelou diante dele. O vento gélido fustigava sua face. Compreendeu que estava ao relento. Devia ter sido arrastado para fora da barraca enquanto estava desmaiado.

Precisava fugir, mas seu corpo não se mexia. As pernas não lhe obedeciam mais. Ele nem sentia mais dor. Também não sentia mais nada. Era como se não fossem mais suas pernas, mas duas barras de ferro presas ao corpo.

Já que as pernas não funcionavam, ele tentou se sentar. Percebeu então que não conseguia se mover. Sentia algo como uma carne macia pesando sobre a sua barriga. A mulher estava montada nele.

Mesmo tomado pelo horror e pelo desespero, estranhamente, Iwata aquiesceu.

Uma garota de porte tão pequeno só tinha conseguido matar Miura... porque ele estava preso dentro do saco de dormir. O objeto podia ser usado para restringir o corpo de uma pessoa. Com cordas amarradas em volta dele, a assassina conseguiu conter todos os movimentos do professor com pouco esforço.

Ao mesmo tempo, isso resolvia outro enigma: como Miura havia feito aquele desenho. Mesmo amarrado, ainda podia mexer os pulsos de alguma forma, e se esforçou desesperadamente para usar a caneta. Como o saco de dormir ocultava suas mãos, ela não podia ver o que ele estava fazendo. Por isso a assassina não percebeu — e ele pôde deixar sua mensagem.

Nesse momento, o rapaz ouviu uma voz feminina sobre sua cabeça.

— Iwata, né? Me desculpa. Por fazer essas coisas horríveis.

Ele sentiu um desconforto ao ouvi-la.

*Não é ela... A Kameido não tinha essa voz...*

— Não é culpa sua. É só que...

Agora ele tinha certeza. A voz de Kameido era mais aguda, mais jovial.

Quem era a mulher em cima de Iwata naquele momento?

— ... você teimou em investigar o incidente do meu marido...

*Marido.* Então...

Não fazia sentido. A esposa de Miura tinha um álibi às 6h. Não tinha como ela ter cometido o crime após o amanhecer. Ela só não tinha um álibi para o meio da madrugada. No mesmo período daquele exato momento. Naturalmente, não dava para enxergar a cadeia de montanhas. Não devia ser possível que Miura tivesse desenhado a paisagem sem enxergá-la... Pensando em tudo isso, um temor repentino se apossou dele.

Será que era possível? Será que Miura desenhara mesmo sem ver a paisagem?

Era algo que seria certamente difícil para uma pessoa comum. Entretanto, Miura tinha quase vinte anos de carreira como professor de artes. Ele tinha desenvolvido um nível profissional de habilidade para o desenho.

Ainda por cima, adorava a paisagem vista ali de cima, e já havia frequentado o local inúmeras vezes. Talvez pudesse retratá-la só de memória.

Até mesmo Iwata, que não sabia desenhar bem, tinha confiança de que conseguiria reproduzir de memória, com certa fidelidade, a aparência da casa onde nascera e crescera.

Ainda assim... supondo que fossem essas as circunstâncias, por que Miura fez aquilo? Por que, no momento da sua morte, escolheu desenhar montanhas que nem sequer enxergava?

Iwata ouviu mais uma vez aquela voz.

— Você ia acabar destruindo a nossa felicidade...

*Nossa...?*

— Você ia acabar atrapalhando a minha vida e a do Takeshi...

Takeshi... Ele se lembrava desse nome.

Era o filho de Miura.

— Eu não tenho outra saída senão te matar, entende?

De repente, os dedos da mulher tocaram os lábios de Iwata. Então, ela o forçou a abrir os dentes.

— Preciso... que você... coma...

Ele sentiu uma coisa escorrer para dentro de sua boca, uma substância densa e viscosa... Aquele sabor lhe era familiar. Claro... bolinhos de carne, tempurá de legumes, arroz. Era o sabor de tudo isso misturado. O conteúdo do Bentô Alegre transformado numa pasta.

*Essa mulher... Não pode ser...*

Ele não podia engolir aquilo. Quando ia tentar cuspir, ela tapou sua boca.

— Não... Você tem que comer.

Não havia dúvida. Aquela mulher pretendia matar Iwata da mesma maneira que tinha matado Miura.

— Se não comer... você vai morrer...

Ela usou a mão livre para cobrir o nariz de Iwata. Com a boca e o nariz obstruídos, ele não conseguia respirar. Tentou se desvencilhar, mas, quanto mais se debatia, mais forte ela o segurava.

Iwata aguentou o quanto podia sem engolir, mas a agonia era maior a cada segundo. Depois de quase um minuto, ele chegou ao limite. A cabeça doía. Todas as células do seu corpo ansiavam desesperadas por oxigênio. Foi então que a mulher falou:

— Se você engolir, eu te deixo respirar.

*Não faça isso*, a cabeça dele ordenava. Mas o corpo se recusava a obedecer. Sua garganta involuntariamente deixou a comida passar.

A pasta percorreria o esôfago e acabaria se depositando no estômago.

A mulher o soltou. Iwata respirou dolorosamente.

Mas no instante seguinte ela tornou a tampar seu nariz e despejar mais daquela substância na sua boca.

Dessa vez, ele engoliu de forma mais obediente. Isso não significava que havia desistido.

Ele pensava em se submeter, ao menos por enquanto; tomar fôlego, recobrar as forças, para depois aproveitar um momento de descuido e fugir. Ele era um homem, ela era uma mulher; ele tinha uma vantagem em relação ao tamanho. Ainda havia uma chance de vencer.

Provavelmente antecipando essa intenção de Iwata, a mulher pegou a pedra e golpeou seus olhos. Tudo ficou vermelho e ele foi tomado por uma dor aguda, até que aos poucos sua vista escureceu. Ele piscou. Sentia o sangue escorrendo dos olhos às bochechas.

Tudo se encaminhava para o pior. Seu corpo não se mexia. Seus olhos não enxergavam.

O rapaz, contudo, não tinha desistido. Ainda havia uma chance de fugir. Podia reverter a situação. Ele acreditava nisso. Por outro lado, vinha-lhe uma outra ideia.

Mesmo se fosse morto, como jornalista, ainda precisava deixar uma informação para os outros.

Iwata moveu freneticamente os pulsos dentro do saco de dormir, quase a ponto de deixá-los em carne viva, e tirou do bolso o lápis e a nota fiscal. Primeiro, dobrou cuidadosamente o papel.

Tateando os pontos, orientando-se pela ponta dos dedos, ele movia o lápis em traços curtos.

Não sabia se conseguiria desenhar tão bem quanto Miura.

Mas tinha que desenhar.

Para denunciar a assassina a quem quer que visse aquilo.


Em 21 de setembro de 1995, na clareira da oitava parada do monte K, foi encontrado o corpo sem vida de Shunsuke Iwata, funcionário do *Jornal L*. Um desenho feito à mão da cordilheira foi deixado na cena do crime.


26 DE SETEMBRO DE 1995

Em um apartamento de um condomínio na província de Fukui, foi encontrado o corpo de um homem, identificado como o próprio morador, Nobuo Toyokawa (43 anos). Exames detectaram em seu corpo uma grande quantidade de comprimidos para dormir, o que levou a polícia a concluir que se tratava de um suicídio. No apartamento ainda foi encontrado um bilhete, aparentemente sua carta de despedida.

---

Peço perdão.

Fui eu quem matou Yoshiharu Miura e Shunsuke Iwata.

Vou pagar pelos meus crimes com a minha vida. Adeus.

Nobuo Toyokawa

---

A mensagem havia sido escrita em um processador de palavras.

24 DE ABRIL DE 2015 - UNIDADE 602, NO 6º ANDAR DE UM CONDOMÍNIO
EM TÓQUIO

Naomi Konno olhava confusa, de cima a baixo, o homem misterioso caído na entrada de seu apartamento.

Ela tinha uma vaga lembrança do rosto que se revelou quando o capuz caiu para trás. Era alguém que encontrara num passado distante. Contudo, não conseguia se lembrar.

— Quem é você?

Com as mãos estancando o ferimento causado pela faca na barriga, o homem abriu a boca com uma expressão de dor.

— Não é à toa que você não lembra... Faz mais de vinte anos desde que nos falamos. Na época, você me deu uma entrevista...

— Entrevista?...

— Eu sou... ex-jornalista... Kumai. Há quanto tempo... Naomi Miura. Ah, não... Você voltou a usar o nome de solteira... Naomi Konno, né? Foi uma trabalheira pra encontrar seu rastro...

Ela conseguiu resgatá-lo do fundo da memória.

Kumai... O repórter do jornal que ela havia encontrado uma vez, na época do crime.

— Kumai... Mas por que... você...?

— No passado, você cuidou de um subordinado meu. Lembra? Um cara chamado Iwata.

No mesmo instante, a imagem dele veio à mente de Naomi.

Aquela massa de carne arrebentada na escuridão...

— Naomi... Agora chega, você tem que pagar... Essa é a hora... Ei! Preciso de ajuda!

A porta se abriu e outros homens entraram gritando.

— Naomi Konno! É a polícia! Você está sendo presa em flagrante por agressão!

# 4

## O DESENHO DA ÁRVORE QUE PROTEGE O PASSARINHO

## NAOMI KONNO

Naomi fitava inexpressiva as paredes de sua cela.

Quantos dias teriam se passado desde aquele encontro? Desde que aquele homem... Kumai... apareceu para roubar sua singela felicidade. Pensando bem, viviam privando-a disso. Sempre que estava prestes a alcançar o que desejava, aparecia alguém para atrapalhá-la.

A vida que tivera até aquele momento passava-lhe diante dos olhos, como num filme.

Suas primeiras memórias foram do tempo de infância.

Naomi entendia que era filha de uma família afortunada.

Crescera numa vizinhança de alto nível em Tóquio, com um pai trabalhador e gentil que a amava. Ao lado dele, sua mãe, uma mulher linda, de pele alvíssima e longos cabelos negros lustrosos, sempre com um sorriso dócil nos lábios.

Quando via a mãe no fundo da sala de aula nos dias em que a escola recebia os responsáveis para algum evento, sentia que sua imagem elegante transmitia uma sensação de superioridade, que a destacava das outras — gordas, com suas peles queimadas e cheias de pés de galinha ao redor dos olhos.

No dia em que Naomi fez dez anos, os pais a levaram para comer fora para comemorar. Enquanto a menina se fartava com o hambúrguer do restaurante na loja de departamento, o pai lhe perguntou:

— Depois daqui, nós vamos comprar o seu presente. Tem alguma coisa em especial que você quer?

Naomi ficou atordoada. Será que devia pedir *aquilo*?

— Pode pedir o que quiser, viu? Você tem se esforçado bastante na escola, então vai ser uma recompensa. Tudo bem se for algo um pouco mais caro. Pode falar.

Ela pensou que não teria outra oportunidade. Era agora ou nunca.

— Então, papai... Eu quero um passarinho de estimação.

Um dia, ao sair para as compras com sua mãe, Naomi tinha visto um calafate na vitrine de uma loja de animais de estimação. Com um bico pontudo, um corpo pequeno e fofinho e olhos redondos e brilhantes, ele arrebatou o coração da menina no mesmo instante. Depois disso, Naomi passou a sonhar dia após dia em viver com aquele bichinho. Entretanto, sabendo que a mãe não gostava muito de animais, ela não se atreveu a verbalizar seu desejo.

— Entendi... Um passarinho. Vamos ver o que a mamãe diz...

O pai encarou a esposa um pouco ansioso, com uma expressão suplicante. A decisão dependia dela. Ela soltou um suspiro resignado e disse rispidamente: "Façam como quiserem". Naomi vibrou de alegria por dentro.

Os três passaram na loja de animais de estimação na volta para casa. O passarinho que Naomi tinha visto antes estava maior e mais rechonchudo.

— Cuide direitinho dele, viu?

Naomi assentiu com vivacidade às palavras do pai.


Depois disso, cada dia era como um sonho.

A primeira coisa que a menina fazia ao voltar da escola era ir direto para o quarto. O calafate que o pai lhe havia comprado vivia numa gaiola, com um ar indiferente.

— Pinho! Cheguei!

Dera-lhe o nome de "Pinho" porque era pequenino e fazia "pi!" sempre que cantava.

No início, Pinho era cauteloso com os humanos, mas aos poucos foi se apegando a Naomi, que todos os dias o alimentava, afagava, imitava seu canto e conversava com ele. Sempre que ela abria a gaiola, ele voava direto para as suas mãos. Passou até a esfregar a cabeça nas mãos da menina, como que pedindo carinho.

Vendo-o comendo concentrado, ajeitando dedicado as próprias penas ou dormindo com seu corpinho arredondado encolhido, Naomi pensava *você é tão bonitinho, tão fofo, como eu te amo!*... Era a primeira vez que tinha esse tipo de sentimento.

Ela até se aventurou na carpintaria para ajudar o pai a criar um espaço para o passarinho brincar. Deu trabalho, mas os dois conseguiram terminar o projeto. Quando Pinho pulou para dentro do viveiro que parecia uma casinha de bonecas, Naomi e o pai comemoraram batendo nas palmas um do outro.

Observando a filha e o marido se divertindo, a mãe sorria debochada como quem diz: "Tudo isso por um pássaro?". Naomi se sentia feliz. Ela queria que aqueles dias durassem para sempre... e achou que durariam.

No entanto, uma tragédia os pegou de surpresa.

Certo dia, um ano após a chegada de Pinho na casa, o pai morreu.

Havia se suicidado. Embora no Japão daquela época não se usasse muito a palavra "depressão", provavelmente era isso o que o havia acometido. Ele tinha se consultado com um psiquiatra seis meses antes de morrer, oprimido pela pressão desgastante de assumir um cargo de gerência no trabalho.

A mãe de Naomi não chorou. Sua reação foi ficar atônita diante do altar budista. Naomi só entendeu esse sentimento depois de crescer. Quando confrontadas com uma tristeza profunda demais, as pessoas perdem até as forças para derramar lágrimas.


Sua mãe mudou após a morte do pai. Naomi podia sentir.

Passaram a comer apenas comida enlatada. Ela também parou de fazer faxina e lavar as roupas, e em pouco tempo a casa ficou cheia de lixo. O fato de o marido ter se suicidado devia tornar a situação ainda mais pesada para ela. Se ele tivesse morrido devido a alguma doença ou acidente, por exemplo, talvez a viúva tivesse recebido mais empatia das pessoas ao redor. Ela deveria ter recebido palavras de consolo e algum apoio, mas...

"Por que será que o pai da família Konno se matou?"

"Será que a esposa estava traindo ele?"

"Ela tem cara de vagabunda mesmo..."

"Agora fico até em dúvida se a menina é filha dele."

Esses rumores horríveis e infundados acabaram chegando até ela. Para evitar os olhares da vizinhança, a mulher começou a se isolar cada vez mais na casa. Ela, que já não tinha uma relação muito boa com os vizinhos, ficou sem ninguém que a apoiasse.

Solidão, tristeza, raiva... A mãe descontava em Naomi todos os sentimentos negativos que nutria. Passou a recorrer à violência em qualquer oportunidade. Ainda assim, Naomi se manteve firme.

*Se eu me comportar e aguentar tudo quietinha, um dia mamãe vai voltar a ser como era.*

Era disso que a menina tentava se convencer enquanto acariciava Pinho com as mãos cobertas de hematomas.

Para agradar a mãe, Naomi limpava a casa e lavava as roupas. Mesmo sofrendo, não perdia o sorriso do rosto. Embora só conseguisse preparar coisas simples, passou também a cozinhar. Um dia, decidida a fazer um refogado agridoce de raiz de bardana, o prato preferido da mãe, Naomi usou o dinheiro guardado da mesada para comprar os ingredientes e passou duas horas preparando a comida. O sabor não ficou dos piores, apesar da aparência um pouco incomum.

Ela se inclinou dentro do armário para pegar um prato para levar a refeição até o quarto da mãe. Por um segundo de descuido, o prato escorregou de suas mãos e se espatifou no chão. A mãe de Naomi apareceu ao ouvir o barulho.

*Eu vou apanhar...*

Ignorando a filha amedrontada, ela começou a juntar os pedaços do prato quebrado.

— Mãe... me desculpa... É que eu queria... — Naomi tentou dizer com a voz trêmula.

Enquanto juntava os cacos, a mãe murmurou como se falasse consigo mesma.

— Queria que você tivesse morrido em vez do seu pai.

Foi naquele instante que Naomi compreendeu.

Sua mãe não tinha mudado; *ela era aquele tipo de pessoa desde o início*. Ela nunca havia amado a filha. Pensando bem, Naomi quase não tinha memórias de conversar ou brincar só ela e a mãe. Todas as recordações felizes da família eram por causa de seu pai.

Os sorrisos calorosos que a mãe exibia só existiam porque ela tinha o marido a seu lado. Ela só se prestava a fazer o papel de mãe gentil por causa dele — para ter o amor dele.

Ao mesmo tempo, Naomi compreendeu também o que ela mesma sentia. Apesar de se orgulhar de ter uma mãe bonita, não tinha nem um afeto por ela. A relação de mãe e filha só existira a partir do ponto de contato que havia sido o pai de Naomi. Agora que ele morrera, era como se fossem duas mulheres quaisquer.

A família Konno não era tão feliz quanto Naomi pensava.

Algo de ruim estava fadado a acontecer. Foi na tarde do dia 1º de setembro, logo que acabaram as férias de verão da escola.

Naomi abriu a porta de casa ao voltar da cerimônia de recomeço das aulas e ouviu um piado agudo. Pinho. Ela nunca o ouvira piar de forma tão assustadora até então.

A menina correu até seu quarto com um péssimo pressentimento. A porta estava aberta, e a mãe parada no meio do cômodo, a gaiola caída aos seus pés. Com a mão direita, ela segurava o calafate, que se debatia desesperadamente. A mulher se virou para Naomi, com um pequeno sorriso no rosto:

— Ah, Naomi. Esse bicho passou a manhã inteira gritando. Não me deixou dormir, de tanto barulho!

— Não é possível... Por quê...?

O passarinho era muito tranquilo. Nunca havia piado tão insistentemente até aquele momento. Por que justamente nesse dia? Naomi pensou muito, até que compreendeu.

Durante as férias de verão, ela passara o tempo todo ao lado dele. Fez-lhe companhia dia e noite. Por isso hoje, no dia em que sua dona teve que voltar à escola, Pinho devia ter se sentido solitário. Como queria Naomi de volta, ficou piando. Pensando no que o bichinho havia suportado, os olhos dela se encheram de lágrimas.

— Mãe, eu sinto muito... Está tudo bem agora, ele não vai mais ficar piando, pode soltar ele.

— Cala essa boca. Você não sabe nem treinar esse bicho direito.

— Não é isso! O Pinho só ficou triste porque sentiu saudades de mim...

— "Não é isso"? Como se atreve a retrucar? Que abusada!

Não importava o que Naomi dissesse, era tudo inútil. Ela juntou as mãos e se ajoelhou no chão.

— Desculpa, mãe! Foi tudo culpa minha. Pode bater em mim. Pode bater o quanto quiser. O Pinho não tem nada com isso, deixa ele! — gritou com todas as forças.

Com isso, o canto do passarinho silenciou.

*Que bom... Ela o soltou.*

Quando ergueu a cabeça, começou a tremer. A mãe apertava o passarinho entre as mãos com ainda mais ódio. O calafate já não tinha forças para piar, sua cabeça pendia debilmente.

— Por favor, mãe! Assim o Pinho... vai morrer...

— Mas é pra matar esse bicho mesmo!

Ao ouvir essas palavras, todo o sangue lhe subiu à cabeça de uma vez só.

Naomi saltou em cima da mãe por reflexo. Era a primeira vez que se rebelava. Contudo, a menina recebeu um chute inesperado na barriga e rolou no chão.

*Se eu não fizer nada... o Pinho vai morrer... E agora?*

Nesse instante, ela enxergou algo. A casinha de madeira que estava no canto do quarto. Aquela que construíra para o passarinho junto com o pai. Naomi juntou forças, correu, pegou a casinha e a arremessou mirando no rosto da mãe.

Pega de surpresa, a mulher caiu sentada no chão. Aquele era o momento: Naomi pegou a casa de madeira do chão e bateu com vontade contra a cabeça da mãe. A parte superior de seu corpo tombou com o impacto.

Naomi se concentrou em salvar o passarinho. No entanto, as mãos da mãe ainda apertavam com força o corpo pequenino do animal.

*O que eu faço?*

Alguns momentos depois, a mulher se sentou novamente, olhando a filha com ódio. Ao mesmo tempo, o calafate em suas mãos emitiu um gemido estridente — um último grito à beira da morte.

Esse pio selou a decisão de Naomi.

Ela se levantou e chutou o tórax da mãe até que a mulher tombasse novamente, e pulou com ímpeto sobre a barriga dela. Pisoteou o estômago com o pé esquerdo e o abdômen com o direito.

A mãe soltou um som semelhante a um grande arroto, e espumou sangue pela boca.

Naomi levantou a perna esquerda e, colocando todo o peso sobre ela, pisou-a no pescoço.

Ao soar do estalo abafado, os olhos da mãe se arregalaram e seus lábios se entreabriram. O embate estava resolvido.

Em pânico, Naomi foi ao resgate de Pinho. Ela envolveu delicadamente o pequeno corpo do passarinho em suas mãos e começou a esfregar sua cabeça, acarinhando-o.

— Você tá vivo! Que alívio...

O coração da menina se aqueceu com aquela alegria.

Ao lado do cadáver da mãe, Naomi chorou de felicidade.


Naomi passou os seis anos seguintes no reformatório. Foi decidido que o passarinho seria mantido na sala dos professores, e a menina ficou encarregada de cuidar dele. Tecnicamente, isso não era permitido pela instituição. O que possibilitou que ela recebesse esse tratamento especial foram as palavras da jovem psicanalista que acompanhava Naomi.

— No desenho da Naomi, uma árvore protege o passarinho. Isso demonstra um amor maternal no fundo de seu coração... Indica que ela carrega uma vontade de proteger criaturas mais frágeis do que ela própria.

"A presença dos galhos afiados da árvore sugere que ela também tem um aspecto agressivo aguçado em seu coração, mas se tiver contato com a natureza e com crianças, essas arestas podem ser aparadas."

Embora a vida na instituição fosse restrita e rigorosa, era muito mais confortável se comparada à que a menina levava com a mãe. Ela era sobretudo grata por poder estar com Pinho.

No outono do sexto ano morando lá, o calafate deu seu último suspiro sereno sob os cuidados de Naomi.

— Obrigada, Pinho... Graças a você, eu fiquei mais forte.

Ela enterrou o corpo dele num canto do jardim da instituição. Seis meses depois, concluiu o ensino médio e, na mesma época, deixou o reformatório.

Depois disso, alugou um apartamento barato em Tóquio e, almejando se tornar parteira, começou um curso de enfermagem. Essa escolha se deveu em parte às palavras inconsequentes de uma funcionária do reformatório, que dissera: "Acho que a Naomi devia trabalhar na área da saúde, levando em conta esse instinto protetor dela. Como é mulher, o natural seria virar parteira".

Apesar de sentir a ironia de trabalhar como parteira tendo matado a própria mãe, era impensável alguém como ela ter uma chance em um emprego comum como funcionária de uma empresa privada. Além disso, no Japão daquela época, havia poucos trabalhos que permitissem que uma mulher utilizasse suas qualificações e habilidades, de modo que, mesmo relutante, Naomi optou por se tornar parteira.

Tinha uma montanha de atividades a realizar todos os dias na escola de enfermagem. Mas, como Naomi nunca teve dificuldades com os estudos, aquela rotina não era nenhum grande sofrimento. O que a incomodava de verdade era a questão financeira.

Sustentar-se só com o dinheiro da bolsa de estudos era difícil, então três vezes por semana ela trabalhava meio período numa cafeteria. Esse estabelecimento ficava no caminho de uma universidade de artes, então a maioria dos frequentadores era composta desses estudantes. Entre eles, estava Yoshiharu Miura.

Com cabelos negros curtos e vestindo uma combinação simples de calça jeans e camisa branca, ele acabava se destacando no meio do excêntrico grupo que eram os estudantes de artes. O que começou com algumas conversas despretensiosas logo se aprofundou a ponto de os dois confidenciarem angústias pessoais um ao outro.

Por meio dele, ela ainda fez um outro amigo: um jovem chamado Nobuo Toyokawa, que frequentava a mesma universidade. Miura sempre se referia ao amigo como "gênio", e não era exagero. Até uma leiga como Naomi conseguia ver que os desenhos de Toyokawa estavam em outro patamar de talento.

Miura e Toyokawa vinham frequentemente visitar Naomi em seu apartamento. Enquanto ela estudava, eles se encarregavam de fazer a faxina e preparar as refeições. Embora Naomi apreciasse o tempo que os três passavam juntos, ela pressentia um perigo.

*Os dois estão competindo por mim...* Não era vaidade. Era uma convicção baseada no que ela via no espelho.

*Meu rosto é parecido com o da minha mãe...* A pele pálida, os cabelos negros longos e sedosos. Ela era o reflexo daquela beleza.

Numa tarde de verão, a situação se definiu. Enquanto estava sozinha com Miura no apartamento abafado, ele lhe disse:

— Ano que vem eu me formo e volto para a minha cidade para me tornar professor. Você não quer vir comigo, Naomi?

Um pedido de casamento brusco, bem típico dele. Naomi disse "sim" no mesmo instante. Toyokawa era um homem charmoso, sem dúvidas, mas ela tinha se apaixonado pela personalidade direta de Miura.

Naomi decidiu manter em segredo o seu *passado*.

Na primavera do ano seguinte, ambos se graduaram em seus cursos. Com o alvoroço da busca por trabalho e da mudança, a cerimônia de casamento só foi realizada um ano após os dois se instalarem na província L. Toyokawa veio da capital para a festa. A situação era um pouco desconfortável, mas ele os parabenizou com um sorriso no rosto.

A vida de recém-casados tinha os seus percalços, mas era muito satisfatória. Miura virou professor de uma escola local e Naomi se tornou parteira numa pequena clínica de ginecologia e obstetrícia. Apesar de ter escolhido essa profissão por causa de um comentário casual de uma funcionária do reformatório, quando começou a trabalhar, Naomi sentiu como se aquela fosse mesmo sua vocação.

O parto não era uma cerimônia sagrada como os homens idealizavam. Uma criança é tirada do corpo de uma mulher depois de horas de agonia, dor, lágrimas, gritos e ideações de morte... Em uma palavra, era uma tortura. No entanto, o rosto delas ao superar tudo isso parecia lindo aos olhos de Naomi. Ela encorajava, xingava, ajudava e vibrava com aquelas mulheres.

Depois de alguns anos, Naomi finalmente engravidou. Porém, não sabia se devia ter ou não um filho. Sua principal preocupação era a existência da própria mãe. Depois da morte dela, Naomi não havia se livrado de sua presença nem por um segundo. Sempre que se olhava no espelho, ela estava lá.

*Eu me pareço com a minha mãe. Será que não vou ficar como ela quando tiver um filho? E se eu não tiver nenhuma afeição por ele? E se eu acabar sendo violenta?* Isso a amedrontava mais do que tudo.

Por outro lado, sentia também um ímpeto de ter a criança e criá-la com amor como uma forma de provar que era superior.

"Sou diferente de você", diria com a cabeça erguida. No fim, decidiu prosseguir com a gravidez. A criação daquele filho enraizou-se nesse sentimento de vingança.

O parto foi muito mais complicado do que se esperava. Naomi persistiu heroicamente em meio a uma dor que a fez perder a consciência. Quando, ainda no leito, tomou nos braços o recém-nascido, renasceu em sua mente nebulosa um sentimento nostálgico. Ela já havia experimentado essa alegria que brotava novamente do fundo do coração: a satisfação de proteger uma vida preciosa. Um amor sem limites. É claro...

Era a mesma sensação de quando ela segurara o passarinho vivo ao lado do corpo da mãe.

Naomi sentiu um calafrio. Teve a impressão de que aquilo fazia girar a roda de um destino sinistro.


Decidiu-se chamar a criança de Takeshi. Foi o marido quem escolheu o nome.

A apreensão que Naomi sentira quando grávida — de que não conseguiria amar o próprio filho, assim como a mãe dela — desapareceu totalmente logo que a criança nasceu. Ela só conseguia pensar no quanto Takeshi era adorável. Cobriu-o com todo o amor que podia, maravilhada que aquela criança tão pequena — tão frágil, transiente e vulnerável — dependia dela para viver. Graças a Takeshi, Naomi havia finalmente se libertado do feitiço da mãe, que a aprisionara por tanto tempo.

Mas, conforme o filho crescia, ela começava a se dar conta de como Takeshi era diferente de outras crianças. "Ele é bem reservado", diziam entre risos várias mães mais experientes do que ela. "Meu filho era igual quando era menor!" No entanto, Takeshi nunca passou dessa fase; ele não conseguia se comunicar bem com outras pessoas além de Naomi.

Quando começou o ensino primário, o problema se agravou. Enquanto seus colegas faziam amizade uns com os outros e brincavam juntos depois da aula, Takeshi sempre voltava sozinho para casa, se enfiava no quarto e ficava lendo.

O marido de Naomi não gostava de ver o filho assim, e vivia implicando com ele.

"Takeshi, meninos precisam correr e fazer atividades físicas pra ficarem fortes!"

"Não fique trancado em casa. Vai tentar fazer uns amigos!"

"Quando encontrar os vizinhos lá fora é pra cumprimentá-los em alto e bom tom! Você me faz passar vergonha quando fica falando pra dentro!"

Naomi se opunha à forma como o marido queria educá-lo. Se o filho não quisesse sair, ele podia ficar em casa. Se não quisesse falar com as pessoas, não precisava se forçar. Fazer essas coisas a contragosto poderia acabar criando um trauma, e isso só o tornaria ainda mais introvertido. Quanto mais ela insistia, mais as suas visões de mundo colidiam, de modo que a relação do casal foi se tornando hostil.

Um dia, enquanto Naomi cozinhava, Takeshi se aproximou com um ar assustado e se agarrou a ela. Claramente havia alguma coisa errada.

— O que foi? Pode me contar.

Com uma voz chorosa, Takeshi disse:

— O papai me bateu...

Naomi foi imediatamente questionar o marido. Ele respondeu:

— Eu disse pro Takeshi ir lá fora brincar e ele me mostrou a língua. Como eu ia deixar passar esse desrespeito? Se não aprender a se comportar direito, ele vai se dar muito mal quando for mais velho!

— Mas... você não podia ter falado isso sem bater nele?

— Não, ele tinha que apanhar. Depois dos dez anos, as crianças começam a ficar mais atrevidas. Se a gente só repreende com palavras, começam a nos desobedecer. Por isso, a partir de agora, ele vai apanhar quando fizer coisa errada. É nossa obrigação como pais.

Naomi não conseguia ver sentido algum naquilo. *Depois dos dez anos é aconselhável bater...* Ela nunca tinha ouvido algo tão absurdo.

O marido sempre tivera esse jeito teimoso, sustentando um sistema de valores peculiar e inflexível. Quando era mais jovem, achava charmoso ele se comportar de forma tão direta. Agora ela mesma se ressentia da Naomi daquela época. Constituir família com alguém assim era um inferno.

Depois desse episódio, o marido começou a bater com frequência em Takeshi. Naomi tentava impedi-lo, mas ele nunca lhe dava ouvidos.

E não era só isso. Nos dias de folga, ele levava Takeshi à força para sair e o fazia comer um monte de carne, algo de que o menino também não gostava. O pai o fazia acampar mesmo sabendo que o filho odiava insetos. Se Takeshi protestasse, ele batia em sua cabeça chamando-o de "mal-educado".

Naomi entendia que o marido não tinha más intenções. Talvez esse fosse seu jeito particular de demonstrar amor ou cumprir seu senso de dever paterno. Isso era ainda mais preocupante.

Takeshi não conseguia disfarçar a infelicidade. A mãe conhecia melhor do que ninguém o pavor de viver sob o mesmo teto que um familiar que sempre recorre à violência. Ela passou a pensar seriamente em pedir o divórcio. Pensou que não haveria outra maneira de proteger o filho. No entanto, uma coisa a angustiava.

Diziam que, no processo de divórcio, não havendo um motivo específico que impedisse isso, a guarda dos filhos era normalmente concedida à mãe. Mas Naomi tinha um passado que não podia apagar.

O marido não sabia *daquilo*. Ela mentia, dizendo que sua mãe havia morrido por uma doença. No entanto, se ele fosse pesquisar sobre ela, descobriria tudo facilmente. Isso seria desastroso para Naomi no tribunal. Na pior das hipóteses, havia a possibilidade de o marido ficar como único guardião legal de Takeshi.

*Se eu não estiver por perto, o Takeshi...*

Naomi se arrepiou só de pensar.

Foi então que, abruptamente, um sentimento despertou dentro dela.

O mesmo que sentiu ainda criança quando viu a mãe tentando esmagar Pinho com as mãos naquela tarde, no fim das férias de verão... Aquele exato sentimento. O grito desesperado que o passarinho deu parecia se mesclar à imagem de Takeshi agora. Naomi tomou uma decisão.

Ela mataria o marido.


— Amanhã vou subir o monte K. Pretendo acampar na oitava parada, preciso que você arrume a mochila para mim, por favor.

Era a noite do dia 19 de setembro de 1992. Quando ouviu o marido dizer essas palavras, Naomi começou a tramar um plano.


ISAMU KUMAI

*8 de maio de 2015 — Hospital em Tóquio*

— Já está quase todo fechado, né? Como também não tem nenhum sinal de infecção, acho que semana que vem você já vai poder voltar para casa — disse a enfermeira com voz anasalada em um tom musical, enquanto examinava sob o curativo. — Ah, é mesmo! Hoje vai vir um novo paciente para a cama ao lado. Seja bonzinho com ele, sr. Kumai! Até mais.

Com essas palavras, deixou o quarto do hospital como se estivesse executando passos de uma dança.

*Que papo é esse de ser bonzinho? Até parece que estamos na pré-escola.*

153

Kumai fitou o teto branco que já estava cansado de encarar. Haviam se passado duas semanas desde que fora internado. Quando se deitava assim, o ferimento na barriga não doía. Estava vivo. Isso não lhe parecia certo.

Quando tocou a campainha de Naomi naquela noite, ele estava preparado para morrer. Certamente seria esse o caso se ela tivesse lhe acertado o coração naquele primeiro golpe. Porém, no fim das contas, ele sobrevivera.

As lembranças se insinuavam toda vez que fechava os olhos.

A primeira a surgir era o rosto do avô de Shunsuke Iwata no funeral do garoto. A expressão esvaziada de um homem que tinha perdido completamente as esperanças ao ser precedido por seu neto na morte.

*Seu neto morreu por culpa minha.*

*Eu não devia ter comentado nada daquele caso com ele.*

*Se eu não o tivesse orientado a voltar à sua antiga escola...*

Todas essas palavras ficaram entaladas em sua garganta. Kumai se ressentia da própria covardia.


As circunstâncias da morte de Iwata haviam sido idênticas às do homicídio de Yoshiharu Miura. A polícia realizou as investigações partindo do princípio de que o assassino era o mesmo. Durante as buscas, Nobuo Toyokawa, o principal suspeito do caso Miura, redigiu um bilhete final no computador e se suicidou. Nele, dizia se arrepender de seus crimes. Com a morte do assassino, o caso foi dado como encerrado.

A polícia resumiu os pormenores do crime da seguinte forma: "Setembro de 1995. Iwata foi até sua antiga escola, conversou com Yuki Kameido e pediu o endereço do local para onde Nobuo Toyokawa havia sido transferido em seu trabalho. Como Yuki não sabia o endereço exato, num dia posterior, Iwata fez uma visita a Naomi Konno, que também conhecia Toyokawa, para perguntar a ela — que também afirmou não saber onde ele morava. Naomi, no entanto, tinha o telefone dele e ligou para consultá-lo. Foi então que ela lhe disse: 'Um homem chamado Iwata está pesquisando sobre aquele incidente. Ele pretende subir o monte K para prestar homenagem ao meu marido em seu aniversário de morte'. Ao ouvir isso, temendo ter seu crime descoberto, Toyokawa decidiu matar o rapaz. No aniversário do crime, então, matou-o utilizando o mesmo método que usara com Miura. Contudo, algum tempo depois, acometido por um sentimento de culpa insuportável, acabou por se suicidar."

Sem dúvida era uma sequência de fatos lógica. O próprio Kumai julgara desde antes Toyokawa como o possível culpado. Porém, havia algo que não fazia sentido para ele.

Por que Toyokawa escrevera o seu bilhete de suicídio *no computador*?

De acordo com a polícia, foi encontrado no apartamento de Toyokawa um computador recém-comprado. Parecia ter sido adquirido especialmente para escrever aquela mensagem. Era um tanto bizarro. Ele podia muito bem ter escrito com papel e caneta, então por que agira dessa forma?

Kumai pensou muito. Talvez o criminoso fosse outra pessoa. O verdadeiro assassino poderia ter trazido o computador ao visitar Toyokawa, forjando seu assassinato como um suicídio e imprimindo um bilhete falso. Assim, poderia enganar os outros a respeito da autoria da carta.

Naturalmente, a polícia também cogitou essa possibilidade, mas acabou fechando o caso como se a morte de Toyokawa fosse mesmo um suicídio. O motivo para isso era simples.

A província de Fukui, onde Toyokawa vivia, ficava a uma distância considerável da província L, onde haviam ocorrido os homicídios de Miura e Iwata. Nesses casos, é comum as polícias de duas regiões diferentes não terem as mesmas informações, o que diminui a precisão do processo de investigação.

Kumai não podia aceitar; queria que tivessem apurado o caso mais a fundo. Iwata não poderia descansar em paz enquanto a verdade não fosse revelada.

*Se a polícia não vai fazer isso, então eu mesmo vou descobrir o que aconteceu.*

Kumai decidiu que encerraria suas atividades no jornal e usaria o tempo livre para as investigações. Sua principal motivação era acertar as contas por Iwata, como seu superior. Mas havia outro sentimento que o movia.

Kumai não conseguia deixar de pensar nas palavras do rapaz.

*Eu não quero causar problemas para a companhia. Mas também quero continuar investigando o caso do professor Miura por minha conta, sem envolver o jornal.*

Na verdade, ele tinha achado aquilo admirável. Iwata não se deixou desencorajar por ter sido alocado em um departamento diferente do que desejava — um departamento do qual o próprio Kumai se ressentia e o qual maldizia desde que chegara. Ainda assim, o jovem pretendia seguir com suas buscas... Qual dos dois agira como um verdadeiro jornalista diante das circunstâncias? Não era nem preciso pensar.

Kumai queria retomar o seu orgulho. Como jornalista, ele não aceitaria perder para aquele garoto.

Na investigação particular de Kumai, a principal pista passou a ser o desenho que Iwata deixara.

No verso da nota fiscal encontrada no bolso do rapaz, ele havia desenhado a vista das montanhas. A paisagem visível da clareira da oitava parada. Fizera até as dobras, igualzinho ao desenho de Miura.

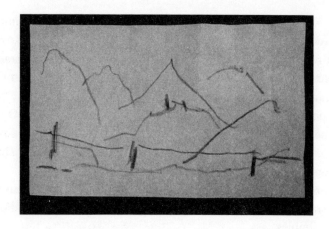

Era como se tivesse imitado as ações do professor. Por que Iwata fizera aquilo? O que queria comunicar com seu desenho?

— Sr. Kumai, seu vizinho está chegando! — a voz anasalada o trouxe de volta à realidade.

A enfermeira entrou no quarto empurrando uma cadeira de rodas. O recém-chegado era um jovem que tinha a perna engessada.

— Desculpe a invasão, vizinho — disse, fitando atentamente o rosto de Kumai.

— Imagina... Prazer em conhecê-lo — respondeu o jornalista, voltando em seguida para suas reminiscências.

*Talvez... Iwata teria virado um excelente jornalista se o tivessem colocado no departamento editorial.*

Ele não levara nem um mês para descobrir a verdade, enquanto Kumai já tentava havia dez anos. O truque usado para alterar a hora da morte, o roubo da comida e do saco de dormir, o corpo completamente trucidado... Quando Kumai entendeu o significado de todos esses elementos, deduziu que a assassina fosse Yuki Kameido.

Seria impossível para Toyokawa e Naomi cometerem o crime, supondo que o assassino o tivesse cometido após o amanhecer do dia 21. A única dos três sem um álibi nesse período era Kameido. Kumai achou que tinha resolvido o enigma e entrou em contato com a polícia para informá-los. Contudo, não lhe deram ouvidos. Sua alegação não passava de especulação. Não reabririam o caso com base numa hipótese de uma pessoa qualquer. Além disso, aquele era um crime de dez anos antes, que já havia praticamente sumido da memória dos oficiais do departamento.

Mesmo assim, ele não desistiu.

*Preciso achar pistas. Assim, a polícia não vai ter outra opção senão agir.*

O problema é que essa era apenas a entrada do labirinto.

Por mais que investigasse Kameido, ele não conseguia encontrar nenhuma pista que a conectasse ao crime.

*Como aquela garota deu um jeito de apagar todos os rastros das ferramentas usadas no crime?*

Ele passou muito tempo sem poder avançar, tomado pela frustração.

Os ventos começaram a mudar anos depois. Ele encontrou a primeira pista para resolver o mistério num lugar inesperado.

Certa noite, Kumai assistia TV em casa. Enquanto alternava entre os canais, chamou-lhe atenção um documentário a respeito de um certo pintor, que contava para a câmera:

— Na minha infância, eu vivia praticando desenhar as coisas só de memória. Por exemplo, vamos supor que tivesse uma foto de um gato. Eu ficava uns dez segundos olhando-a concentrado. Esse tempo era suficiente para eu lembrar bem as formas dele. Passados os dez segundos, eu virava a foto e tentava desenhar a imagem numa folha, baseando-me somente na minha memória. Acho que o fato de ter feito isso tantas vezes se tornou um grande recurso para mim agora, de forma que hoje, se eu vir uma paisagem uma vez, não importa o nível de complexidade, consigo reproduzi-la perfeitamente no papel.

Desenhar de memória... Kumai havia ignorado essa possibilidade. Ele, que era completamente leigo em relação às artes e que não desenhava nem como passatempo, presumira que só era possível retratar algo tendo o objeto real no campo de visão.

O jornalista fez um experimento: pegou uma caneta e um bloco de anotações e, sem qualquer referência, tentou desenhar a paisagem da oitava parada do monte K. Para sua surpresa, conseguiu traçar um esboço bem fiel apoiando-se apenas no que lembrava. Apesar de perplexo, fazia todo sentido quando pensava melhor.

Até ali, Kumai passara mais de uma década contemplando quase todo dia os desenhos de Miura e Iwata a fim de elucidar o caso. Mesmo sem intenção de memorizá-los, eles haviam ficado gravados em sua mente. A memória humana é algo impressionante.

Então o que se passou com Miura e Iwata?

Quando vivo, Miura fora até a oitava parada inúmeras vezes contemplar aquela paisagem.

Iwata olhara o desenho do professor todos os dias por um bom tempo, tentando compreender seu significado.

Era provável que ambos tivessem conseguido reproduzir a paisagem mesmo sem enxergá-la. Sendo assim... os dois não necessariamente tinham sido assassinados após o amanhecer. Considerando que podiam ter feito o desenho até mesmo no auge da madrugada, com as montanhas encobertas pela completa escuridão... surgia a possibilidade de o crime ter sido cometido por mais uma suspeita: Naomi, a esposa de Miura.

E se Naomi fosse a assassina, isso respondia uma outra questão fundamental que o incomodava havia muito tempo: *por que o assassino deixara o desenho na cena do crime?*

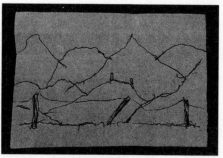

Desenho de Miura

Faria mais sentido para o criminoso descartar ou levar esse tipo de desenho estranho deixado por uma vítima à beira da morte, mesmo que por precaução. Deixar a mensagem do morto para trás era um erro impensável para uma pessoa que havia tido a frieza de planejar um assassinato que chegava ao cúmulo de conspirar para forjar a hora da morte.

Desenho de Iwata

Ainda mais por ser um erro cometido duas vezes... Esse mistério deixara Kumai cismado desde o início. Agora, contudo, ele compreendia. Não se tratava de um erro.

O assassino havia deixado o desenho na cena do crime *de propósito*, pois havia entendido que a representação da paisagem lhe seria vantajosa.

Caso o truque para forjar a hora da morte fosse descoberto, a perícia ainda poderia supor que o crime havia ocorrido após o amanhecer baseando-se na ideia de que o desenho registrou a cena no momento da morte da vítima, o que excluiria os suspeitos com álibis pela manhã.

Iwata devia ter feito seu desenho antecipando que o assassino não o recolheria.

*O assassino deixa o desenho das montanhas na cena do crime porque é um dos suspeitos que se beneficia com isso...* Essa havia sido a mensagem final do rapaz.

Com base nessa epifania, Kumai decidiu focar seus esforços em Naomi. Quanto mais descobria sobre o histórico de vida dela, mais se arrependia de não ter começado a investigá-la antes.

Kumai confirmou que Naomi havia matado a própria mãe quando criança e passara seis anos num reformatório. O jornalista quis conversar com a responsável pela avaliação de Naomi na época. Ela se chamava Tomiko Hagio. Agora uma senhora de idade, havia se tornado uma renomada psicóloga e apresentava palestras em diversas universidades.

Hagio lhe contou tudo com certo tom nostálgico.

— A Naomi foi a primeira criança por quem eu fiquei responsável, sabe? Coitadinha, era agredida pela mãe. Ela se consolava cuidando com muito carinho de um passarinho de estimação. Um dia a mãe tentou matar esse passarinho... e a menina fez um esforço desesperado para protegê-lo. Ela tinha uma personalidade superprotetora, sempre querendo defender os mais vulneráveis.

Ao ouvir essas palavras, tudo se encaixou para Kumai.

*... não tínhamos um relacionamento maravilhoso. A gente se desentendia bastante em relação à criação do nosso filho... Por exemplo, o menino gosta muito de passar o tempo em casa lendo, mas meu marido estava sempre forçando ele a ir acampar e fazer churrasco... Meu filho detestava. Ele parecia se achar o melhor pai do mundo por dedicar tempo à família, mas fazia tudo sem considerar como o filho se sentia...*

Não restava dúvida. O motivo dela havia sido o filho.

Naomi matara Miura para proteger o filho do pai violento.

Mas ainda havia uma coisa que ele não entendia.

Por que, para início de conversa, Miura havia feito um desenho das montanhas nos seus últimos momentos? Por causa disso, Kumai havia pensado que Kameido era a culpada, demorando muito tempo para finalmente chegar à verdadeira assassina.

Por fim, Kumai concluiu que o professor havia *acobertado* a esposa. Mas por quê?

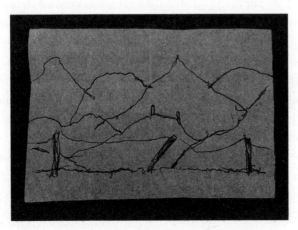

NAOMI KONNO

Quando estava à beira da morte, o marido tentara lhe dizer algo. Antes que pudesse articular as palavras, Naomi golpeou sua garganta com a pedra. Era um ato desesperado.

Depois, pouco antes de deixar a montanha, Naomi encontrou um desenho no bolso da calça dele. Com uma velocidade de raciocínio assustadora, ela concluiu que precisava deixá-lo ali mesmo.

Então desceu a trilha escura da montanha com uma lanterna na mão, voltou para casa sem ser vista, limpou todos os vestígios do ocorrido de seu corpo e se preparou para sua rotina matinal como se nada tivesse acontecido.

Mas esse não seria o fim. Pelo contrário, era agora que começava o jogo. Ela teria que mentir para a polícia e para a imprensa. Teria que fazer o papel de esposa abalada por perder o marido. E não poderia se dar ao luxo de cometer erros.

Se fosse presa, Takeshi ficaria sem nenhum dos pais. Totalmente sozinho. Não podia permitir que isso acontecesse. Pouco lhe importava se acabasse no inferno, se fosse devorada por demônios após sua morte. Precisava proteger Takeshi a todo custo.


Ela não tinha confiança de que conseguiria fazer isso da melhor maneira. Porém, não havia cometido nenhum erro até então. Seis meses após o ocorrido, ainda era uma mulher livre.

Quando a cobertura da imprensa diminuiu e ela foi liberada dos interrogatórios constantes, Naomi finalmente obteve alguma paz de espírito. Foi nesse momento que lhe veio à mente o desenho do marido.

Pensando com frieza, havia sido uma escolha acertada deixá-lo na cena do crime. Se tivessem descoberto a artimanha utilizada por Naomi, aquele desenho provavelmente a protegeria, como um último recurso.

Era um alívio. Assim, Takeshi não acabaria sozinho. Ao se dar conta, ela emitiu um arquejo de surpresa.

Seria possível que o marido tivesse pensado a mesma coisa que ela?

Naomi se pôs a refletir. Naquele dia, talvez ele tivesse compreendido seus planos enquanto ela o forçava a engolir o conteúdo da marmita. Ele devia ter aceitado que morreria — que já não havia como fugir. O marido devia ter considerado que com ele morto e ela presa por homicídio, Takeshi ficaria sem nenhum guardião legal. Talvez por isso, em seu desespero, fez aquele desenho. Não para proteger Naomi, sua esposa, mas para proteger a mãe de Takeshi.

As lágrimas inundaram seus olhos. Ela não podia dizer que o marido havia sido um bom pai. No entanto, o amor que ele sentia pelo filho era genuíno.

Após a morte do marido, sua casa ficou mais movimentada do que antes.

Toyokawa e Yuki Kameido, uma ex-aluna dele, vinham visitá-la com frequência em consideração ao fato de que agora Naomi cuidava sozinha do filho. Toyokawa trazia comida, e Kameido a ajudava na cozinha e tomava conta de Takeshi. Naomi ficou surpresa de o filho — que não se apegava a mais ninguém além dela — agir com tanta espontaneidade na presença de Yuki.

Essa ideia de família não lhe parecia ruim. Na época em que começou a pensar nisso, aconteceu um imprevisto.

Certa noite, depois que os quatro haviam terminado de jantar, Yuki saiu com Takeshi para comprar doces num mercado próximo. Quando Naomi se viu sozinha com Toyokawa, ele pegou sua mão repentinamente.

— O que é isso?

— Posso te contar uma coisa? — ele sussurrou no ouvido dela com um sorriso perverso. — Eu fui até a oitava parada da montanha naquela noite.

O coração de Naomi acelerou.

Ela se desvencilhou da mão dele fingindo estar calma.

— Não faça uma piada de mau gosto dessas.

— Acha de mau gosto? Quem matou o próprio marido foi você...

De repente, Toyokawa agarrou-a com as duas mãos, apertando seus seios quase como se quisesse arrancá-los.

— Pare com isso... Os dois já vão voltar...

— Pois é, e a gente precisa acertar umas coisas antes.

— Do que você tá falando?

— Não se faça de desentendida! Sabe, eu *também* pretendia matar o Miura naquele dia.

— O quê?!

— Eu odiava aquele desgraçado. Ele se achava o máximo por ser professor de artes, mas era um cara sem talento nenhum... Além do mais, me tratava como se eu fosse um assistente. Eu já não aguentava mais, tinha decidido matar ele de uma vez. Naquele dia, depois de me despedir no meio do caminho, saí da trilha principal e subi até a oitava parada. Queria atacar à noite, depois que ele dormisse. E daí vi que tinha alguém lá com a mesma ideia. E então, como foi matar uma pessoa? Achei bem cruel você ter assassinado seu marido depois de enfiar comida goela abaixo!

Ele não estava blefando. *Depois de enfiar comida goela abaixo...* Para saber desse detalhe, Toyokawa só podia ter presenciado tudo.

— Toyokawa, por favor... Não conte à polícia...

— Está bem, não vou falar nada. Mas vamos ter que fazer um acordo. A partir de hoje, você vai dormir comigo toda semana.

— Dormir com... Isso não!

— Bom, então eu vou te denunciar.

— Não pode fazer isso...

— Então aceita logo, vagabunda. Na época da faculdade você dava trela pra nós dois, brincava com os meus sentimentos, mas quando o Miura te pediu em casamento você me descartou na mesma hora... Eu não esqueci. Se quer saber, passei todo esse tempo sonhando com o dia em que eu acabaria com a felicidade de vocês.

Ela teria que matar aquele homem também? Naomi ficou completamente perdida.

Aquela não era uma boa hora. O marido havia acabado de morrer, se outro envolvido fosse assassinado, com certeza as suspeitas recairiam sobre ela. Não havia mais como fugir.

Com um sentimento amargo, ela se viu obrigada a ceder. Toda noite de sábado Toyokawa aparecia para dormir com ela. Seu toque lhe era extremamente desagradável — mecânico e egoísta. Para Naomi, o único alívio era ele não se interessar pelo menino. Ao menos Takeshi não sofreria com nada daquilo. Se ela tivesse que suportar aquela situação sozinha, poderia aguentar firme — era o que pensava.

Entretanto, ocorreu algo terrível numa daquelas noites.

Takeshi se levantou de madrugada para ir ao banheiro e acabou vendo os dois no ato. Foi apenas um instante, mas os olhos dela se encontraram com os dele. Naomi entrou em pânico e fechou a porta de correr rápido como uma flecha.

— Que peninha, ele te viu... — disse Toyokawa sem o menor indício de remorso, com um sorriso debochado.

Naomi sentiu que havia algo de estranho. Antes de os dois se deitarem, ela havia fechado bem a porta. Sempre se certificava de fazer isso — justamente para o raro caso de Takeshi acordar.

Além disso, Takeshi não era o tipo de criança que sentia vontade de ir ao banheiro no meio da noite, isso havia acontecido pouquíssimas vezes nesses muitos anos. Por que ele tinha se levantado logo naquele dia?

Naomi descobriu o motivo na manhã seguinte. Ela encontrou uma caixa de torasemida no lixo da cozinha. Ela reconhecia o nome da época da escola de enfermagem. Era um medicamento diurético.

Ao lembrar-se do sorriso de Toyokawa, sentiu um calafrio.

Ele queria que o menino visse a própria mãe naquela situação. Sendo violada. Naomi sentiu um ímpeto assassino intenso dentro de si.

O que a impediu de levar as intenções a cabo foi o fato de Toyokawa ter sido selecionado para uma transferência interna no trabalho pouco tempo depois. Com sua família afastada daquele homem desprezível, ela pôde viver em condições humanas pela primeira vez depois de um longo tempo.

No entanto, o destino ainda traria outra crise à sua família.


Em setembro de 1995, três anos após seu crime, Yuki Kameido veio visitá-la. Após se formar no ensino médio, ela continuou os estudos numa universidade de artes da província L, mas devido aos compromissos da vida de universitária, suas visitas começaram a rarear. As duas haviam acabado de comer juntas quando Yuki trouxe à tona aquele assunto inesperado.

— Aliás, a senhora sabe onde o sr. Toyokawa está morando agora?

— Por que a pergunta?

— Na verdade, hoje mais cedo conheci um rapaz chamado Iwata que trabalha no jornal. Ele me disse que estava juntando informações sobre o incidente do professor Miura...

Naomi começou a suar frio. Já haviam se passado três anos, as investigações estavam praticamente encerradas. Por que mexer com isso logo agora?

— Que relação ele tinha com o meu marido?

— Ele disse que era um aluno muito grato ao professor Miura.

Ou seja, seu interesse não devia ser meramente jornalístico. Talvez estivesse em busca de reparação pelo mestre... Nesse caso, ele seria um problema.

— Yuki, me conta mais sobre o que vocês conversaram...


ISAMU KUMAI

No leito do hospital, Kumai lembrava-se da própria mãe.

Em contraponto ao pai, magro e comprido, sua mãe era uma mulher rechonchuda, ampla como um barril, sempre bebendo, risonha e cheia de vida. Apesar da personalidade alegre, quando tinha que repreender o filho, sua expressão assumia ares de demônio e parecia capaz de fulminá-lo. Kumai temia a mãe acima de todos — e também confiava nela mais do que em qualquer um.

Num certo dia de verão, Kumai apanhou do valentão da vizinhança e voltou para casa com um galo na cabeça. A mãe o pressionou: "Quem foi que te bateu?!". Quando confessou o nome do menino, ela foi até a casa dele, levando o filho junto.

O pai do valentão era um homem corpulento, com uma cicatriz de corte no rosto. Não parecia um sujeito decente, e tinha uma aura ameaçadora. Ainda assim, a mãe de Kumai não se intimidou. Mesmo agora, ele se lembrava vividamente da expressão dela naquele momento. A mãe havia perdido completamente o controle.

Se a esposa do homem não tivesse aparecido, talvez ela o tivesse matado ali mesmo. Ou ao menos o pequeno Kumai sentira que aquilo era uma possibilidade real.

Afinal, o que diferenciava sua mãe de Naomi?

Se a mãe tivesse dado um passo em falso, também era possível que tivesse se tornado uma assassina.

Kumai não conseguia repelir essa ideia assustadora.


NAOMI KONNO

Naomi se debateu até o último momento pensando se teria mesmo que matar Iwata e Toyokawa. Com dois homens mortos, é óbvio que suspeitariam dela. Não podia correr tamanho risco.

Por outro lado, manter Toyokawa vivo era um risco por si só. Aquele homem havia testemunhado o seu crime. Estava calado, por enquanto, mas ela não tinha como saber quando ele mudaria de ideia e a denunciaria à polícia. E, acima de tudo, Toyokawa se ressentia do marido e dela própria. Já tinha demonstrado não ter apreço nenhum pelo filho dos dois. Havia a possibilidade de ele tentar fazer algo para prejudicar Takeshi...

Sem dúvida era melhor que o matasse. Se desse um jeito em Toyokawa depois de Iwata, poderia ligar falsamente todos os crimes a ele. Não havia outra saída.


Depois de realizar todos os seus planos, Naomi se mudou com Takeshi para Tóquio como uma fugitiva. Alugou um apartamento no sexto andar de um prédio barato e começou a trabalhar numa clínica obstétrica próxima.

Deixando a apreensão para trás, os meses e anos transcorreram pacificamente.

Quando percebeu, já se aproximava dos sessenta anos. Takeshi acabara de se formar no ensino médio e tinha conseguido um emprego numa siderúrgica perto de casa. Logo que começou a trabalhar, teve dificuldades em se acostumar com o ambiente, mas, depois de uns três anos assumiu feições de um homem adulto e trabalhador. Naomi acordava todos os dias bem cedo a fim de preparar a marmita de Takeshi para ajudá-lo.

Um dia, Takeshi lhe disse, desconcertado:

— Mãe, eu... estou gostando de uma moça... Posso começar a namorar com ela?

Depois de se recuperar do susto, Naomi explodiu em uma gargalhada. Claro, ela normalmente lhe dizia meio brincando para avisá-la caso fosse sair com alguma garota. Não achava, no entanto, que ele fosse mesmo fazer isso. Por mais que crescesse, Takeshi agia como um menino comportado que obedece a tudo que a mãe diz.

— Claro que sim! — respondeu Naomi, afagando o cabelo dele. — Mas traga ela aqui em casa um dia, para eu conferir se ela combina com você, Take.

Uma semana mais tarde, Takeshi convidou a namorada para ir à casa deles, conforme Naomi o havia instruído. Quando viu o rosto dela, a mãe ficou paralisada de surpresa.

— Yuki?!

A namorada do filho era a ex-aluna de seu marido que vinha visitá-la constantemente na época em que moravam na província L: Yuki Kameido.

— Sra. Naomi... Há quanto tempo — disse a moça, encabulada. — Sou eu que estou namorando o Takeshi.

Enquanto comiam o jantar preparado por Naomi, os dois lhe contaram a história de como começaram a sair juntos.

Um mês antes, entrara um jovem em regime de meio período no trabalho de Takeshi. Um dia, batendo papo durante o intervalo, ele comentou sobre uma certa "Yuki Kameido" com quem havia trabalhado numa loja de conveniência. Takeshi pensou intrigado: *Será que é ela?* — e acabou indo até o lugar por curiosidade.

Ficou surpreso ao vê-la ocupada atrás da caixa registradora. Não tinha dúvida de que se tratava da Yuki com jeito de irmã mais velha que costumava visitar a casa deles na província L para cuidar de Takeshi. Ele esperou que a mulher encerrasse seu turno e saísse da loja para falar com ela. Yuki arregalou os olhos quando o viu. Os dois estavam se reencontrando depois de doze anos. Agora, ela tinha trinta e três, e Takeshi, vinte e sete.

Naquela noite, enquanto jantavam, os dois conversaram sobre o que havia acontecido em suas vidas durante aquele intervalo de tempo.

Após a graduação na universidade de artes, Yuki havia conseguido um emprego de designer em sua cidade natal. Porém, depois de cinco anos, a empresa anunciou uma reestruturação e fez um corte na equipe. Apesar de ter passado um bom tempo buscando trabalho em sua cidade, Yuki não conseguiu encontrar nada. Com as tensões por ela continuar desempregada, o relacionamento já frágil que tinha com os pais se deteriorou ainda mais.

Certo dia, após uma grande briga que para ela foi a gota d'água, Yuki deixou uma carta de despedida e saiu de casa.

Sem ter para onde ir e em busca de trabalho, Yuki se mudou para Tóquio. Por muitos anos trabalhou como designer e ilustradora freelancer, mas, sem conseguir se sustentar só com isso, começara a trabalhar na loja de conveniência para ter alguma renda diária e continuar morando na cidade.

Takeshi ficou perplexo ao saber que a mulher por quem ele tinha adoração desde os tempos de infância estava passando por dificuldades. Tentou lhe oferecer uma nota de dez mil ienes, por menor que a quantia fosse, para ajudá-la um pouco com suas despesas, mas Yuki recusou.

— Eu não quero dinheiro! Assim fico me sentindo ainda mais patética...

— Desculpa... Mas eu gostaria de te ajudar.

— Tá... então na próxima você paga o jantar!

Depois desse dia, os dois saíram juntos diversas vezes. Sempre comiam fast-food. Depois, sentavam-se no banco de uma praça e passavam horas conversando enquanto compartilhavam um suco. Eram encontros extremamente modestos para um casal de adultos. Ainda assim, os dois se divertiam.

— Namore comigo — foi Takeshi quem fez a proposta primeiro.

Yuki aceitou sem pestanejar.


Naomi ouviu a história com sentimentos mistos.

Ela sempre carregara consigo a imagem de uma relação fraternal entre Yuki e Takeshi. A ideia de eles serem namorados lhe causava um tremendo mal-estar.

Entretanto, não havia o que fazer quando os dois já se amavam tanto. Além disso, ela sabia muito bem que Yuki era uma garota decente, e ficava aliviada de a namorada do filho não ser uma pessoa de origem duvidosa. Naomi decidiu, por fim, apoiar o relacionamento.

Um ano depois daquele jantar, eles se casaram.

Ficou decidido que Yuki sairia do próprio apartamento e iria viver com Takeshi e Naomi.

Embora Naomi sentisse certa melancolia com o casamento do filho, a alegria de ter mais uma pessoa na família superava esse sentimento.

Conforme o desejo de todos, a cerimônia não teve nenhum convidado; os três comemoraram em casa. Naomi e Yuki ficaram na cozinha conversando enquanto ajeitavam a casa depois do banquete — e de Takeshi se embebedar e pegar no sono.

De repente, com uma expressão cerimoniosa, Yuki lhe confessou:

— Sra. Naomi, tem uma coisa que eu escondi da senhora esse tempo todo...

— Como assim?

— O professor Miura... Eu era apaixonada por ele.

— Pelo meu marido?...

— Sim. Eu gostava dele desde o primeiro ano do ensino médio. Eu tinha cabelo curto, sabe? Mas quando ouvi que a esposa do professor tinha cabelo longo, deixei o meu crescer também. Eu queria imitar a senhora — disse Yuki, alisando o próprio cabelo longo e lustroso. — Quando reencontrei o Takeshi, fiquei em choque. Cheguei a pensar que o professor Miura tinha ressuscitado...

— É mesmo... O Take se parece muito com ele. De uns tempos pra cá, ainda mais, né?

— Pois é! Mas não quero dizer com isso que vejo o Takeshi como um substituto do professor. Amo o Takeshi por ele mesmo. Só fiquei pensando que, como agora vou morar com a senhora, não podia deixar de contar isso... Eu... peço desculpas. Por falar essas coisas estranhas...

Naomi não sabia o que responder.


Apesar disso, a vida conjunta dos três começou tranquila.

Yuki cuidava perfeitamente do serviço doméstico, vivendo agora como dona de casa em tempo integral. Graças a ela, Naomi e Takeshi podiam apenas relaxar ao voltar do trabalho.

Uma manhã, enquanto Naomi se arrumava para ir trabalhar, Yuki entrou no quarto com o rosto pálido.

— Sra. Naomi, desculpa... Acordei meio indisposta hoje. Acho que não vou dar conta das tarefas de casa...

Ao vê-la desse jeito, o instinto profissional de Naomi levantou uma hipótese.

— Yuki, sua menstruação está vindo direitinho?

Naquele dia, as duas foram juntas à clínica de ginecologia e obstetrícia onde Naomi trabalhava. Com os exames, descobriram que ela estava grávida de um mês.

À noite, ao voltar para casa, Takeshi pulou de alegria quando recebeu a notícia. Ele abraçou Yuki e agradeceu várias vezes. Aquelas palavras permitiram que Yuki — até então apreensiva — experimentasse finalmente alegria pura.


Naomi parabenizou o casal. Ela deveria estar feliz por eles.

No entanto, à medida que o ventre de Yuki crescia, Naomi sentia algo inchando no fundo de seu coração. Ela não sabia do que se tratava, mas tinha certeza de que era ruim.

Teve um sonho, certa noite: segurava um pequeno bebê contra o peito. Ao olhar para o lado, viu Takeshi.

— Take, o que houve com a Yuki?

— Yuki? Quem é essa?

— Do que você está falando? A mãe *deste bebê*, não é?

— Hahaha! Que coisa estranha de dizer! A mãe desse bebê é...

Takeshi apontou para o rosto dela.

Mesmo após abrir os olhos, a cena continuou grudada em sua mente.

Naomi se deu conta do que sentia. Ela queria continuar sendo *uma mãe*. Em um mundo sem Yuki, ela queria se tornar a mãe daquele bebê.

Era um desejo perturbador.

Ainda assim, ela não conseguia deixar de sentir certo deleite com aquele sonho.

Naomi se encarregou de cuidar de todos os exames pré-natais de Yuki. Em uma clínica séria, não seria permitido um tratamento especial só pelo fato de ela ser a sogra da gestante.

Contudo, a clínica na qual trabalhava não era como as outras. Só havia um médico responsável, um jovem rico que havia herdado o negócio dos pais e era ignorante à realidade do mundo. Ele delegava a maior parte do trabalho às parteiras e passava o dia patrulhando a clínica com um sorriso no rosto. Quem realmente exercia poder lá dentro eram as enfermeiras. No início, Naomi sofrera bastante nas mãos de algumas colegas, mas perseverou e, antes que se desse conta, acabou se tornando a parteira mais antiga do lugar.

Naquela clínica, não havia ninguém que pudesse contrariá-la.

Segundo os exames de Naomi, a gravidez de Yuki tinha duas questões importantes.

A primeira era a idade. Como Yuki já passava dos trinta e cinco anos, sua gravidez podia ser considerada tardia. E havia mais um problema, a pressão sanguínea. Yuki sofria de hipertensão. Em momentos de estresse, sua pressão podia ultrapassar os valores normais num piscar de olhos.

Cada vez que via aqueles números, um sentimento maligno se agitava dentro de Naomi.

10 de setembro de 2009. O trabalho de parto começou às dez da manhã.

Às seis da tarde, Yuki entrou na sala de parto. Até então, tudo corria bem.

Contudo, muitas horas se passaram desde o início dos esforços de Yuki sem que o bebê nascesse. Em determinado momento, ela perdeu a consciência. A clínica mergulhou em tumulto e uma das enfermeiras gritou:

— Como assim?! Por que a pressão dela está tão alta?!

Dois meses antes, quando Yuki passava pelo oitavo mês da gestação, aquele sentimento dentro de Naomi havia inchado tanto que estava prestes a estourar. Ela se fez, então, uma pergunta:

*A partir de agora você vai se tornar avó. Vai virar uma presença murcha, sempre gentil, sempre serena, que só serve para mimar os netos. Vai aceitar isso?*

Só havia uma resposta.

*Não vou. Me recuso. Eu sou... uma mãe.*

Algo se rompeu dentro de seu coração.

Na manhã seguinte, Naomi entregou três cápsulas a Yuki e disse:

— Soube pelo Take que você anda anêmica. É muito comum durante a gravidez. Melhor tomar alguns suplementos, pois ficamos propensas à insuficiência de vários nutrientes além do ferro. Eu também tomava isso todo dia quando estava grávida. Facilitou muito a gestação.

O conteúdo das cápsulas era apenas sal.

Yuki, entretanto, confiava em Naomi, e passou a tomá-las sem suspeitar de nada. Um paciente hipertenso, em geral, pode ingerir no máximo até seis gramas de sódio por dia. Yuki ingeria quinze ao tomar aquelas pílulas.

Para Naomi, era como uma oração.

Servia-lhe de consolo temporário, considerando que as possibilidades de seu desejo se realizar eram baixas. Ainda assim, isso a satisfazia. Se a oração não fosse atendida, ela aceitaria a derrota. Podia apoiar o jovem casal em silêncio e cair na obscuridade como uma velha qualquer. Talvez até pudesse ser uma alegria.

No entanto... sua oração funcionou.


Com a cesariana de emergência, o bebê nasceu em segurança. Mas a mãe não resistiu.

Yuki acabou sofrendo uma hemorragia cerebral. A pressão sanguínea subira a níveis extremos devido à força que fez para empurrar a criança. Ninguém na clínica entendia o que havia acontecido. Os valores registrados no prontuário logo antes do parto estavam normais.

Claro: Naomi, a encarregada pelo exame, registrara números forjados.

No dia seguinte, ela apresentou sua carta de demissão.

Pensou que já não tinha mais as qualificações necessárias para exercer sua profissão.


O sonho com o qual se deleitara era agora realidade. Naomi havia se tornado a "mãe" daquela criança recém-nascida.

— Take, eu estava pensando: seu filho ficou sem uma figura materna, não é? Por enquanto tudo bem, mas quando ele crescer e fizer amigos, acho que pode se sentir angustiado por ser o único sem uma mamãe. Sei que pode ser difícil para você, mas ele poderia me chamar de "mamãe". Embora eu seja velha, não seria preferível ele ter alguém como mãe em vez de ninguém?

Foi fácil convencer Takeshi. Mesmo adulto, ele continuava ouvindo as palavras de Naomi como uma criança obediente. Muitas pessoas os olhavam com estranhamento, mas eles insistiram em ensinar Yūta a chamá-la de "mamãe".

Fazia muito tempo que Naomi não lidava com os desafios de criar uma criança, mas ela se sentia sobretudo feliz e entretida. O crescimento de Yūta fazia seu coração bater mais forte e a alegrava tanto quanto Takeshi. Ela nunca imaginara que viveria dias assim.

Porém, fosse ao ninar Yūta, dar-lhe de comer, ou levá-lo ao parque com o filho, Naomi andava perseguida pela culpa.

Era a primeira vez que isso acontecia.

No passado, quando quebrara o pescoço da própria mãe, Naomi não sentira qualquer remorso. Havia feito aquilo para proteger Pinho. A Naomi daquela época não teve nenhuma dúvida de que estava correta.

O mesmo valia para os assassinatos do marido, de Iwata e de Toyokawa. Ela sabia que havia feito algo imoral, mas não se arrependia. Foi tudo para o bem de Takeshi.

Os crimes que cometera sempre tiveram o propósito de proteger alguém. Como uma ursa que luta com garras e dentes para defender seus filhotes de ameaças, Naomi havia matado em nome do amor e da justiça.

Mas o que tinha feito dessa vez?

Ao envenenar Yuki com as pílulas de sal, que sentimento a dominara?

Naomi se deu conta. Dessa vez, somente dessa vez... *ela havia matado por puro egoísmo.*

*Quero ser mãe para sempre. Não quero perder o título de mãe.* Apenas por isso ela acabou matando uma menina gentil, a mulher que Takeshi amava tanto.

Ela sabia que sofreria as consequências disso de alguma forma.

Sua punição chegou abruptamente.

Ao despertar em uma manhã, percebeu que Takeshi, que deveria estar dormindo ao seu lado, sumira. Seu peito se alvoroçou. Naomi se levantou num pulo e foi procurá-lo pela casa.

O filho havia se enforcado no próprio quarto.

Ela não encontrou nenhum bilhete de suicídio com ele. Descobriu-o, por fim, na internet.

Uma postagem do blog que Takeshi havia criado, publicado um dia antes de se matar.

A partir de hoje vou parar de postar aqui.

O motivo é que me dei conta do segredo daqueles três desenhos.

Não posso compreender a dimensão do sofrimento que você carregou.

Não sei a extensão do crime que você cometeu.

Não posso te perdoar. Mesmo assim, vou continuar te amando.

Shin

Era uma mensagem *para Naomi*.

*O segredo daqueles três desenhos...* Ao reler o blog, ela logo se deu conta.

O desenho da idosa tirando o bebê de dentro do cadáver. Era idêntica a Naomi.

Yuki havia percebido o intento assassino da sogra.

Mas desde quando? Uma semana antes do dia do parto, ela tivera um acesso de choro. Ficou assim por horas a fio, como se sentisse que o mundo fosse acabar. Provavelmente fora naquele momento que entendeu tudo.

Se Naomi tivesse planejado um assassinato mais direto, Yuki poderia ter contado a Takeshi. Talvez até acionado a polícia.

Entretanto, seus métodos eram obscuros demais. O ato de fazê-la ingerir cápsulas com sódio não era um crime em si. Mesmo que Yuki tivesse descoberto essa parte do plano, Naomi sempre poderia inventar uma desculpa.

Takeshi, que mesmo depois de adulto continuava apegado, confiando em Naomi acima de todos, certamente acreditaria nas mentiras da mãe. Yuki acabaria fazendo o papel de nora ressentida se acusasse a sogra. Com isso, perderia seu lugar naquela família.

Sem emprego e tendo cortado laços com os próprios pais, ela, que também não era mais tão jovem, não teria outro lugar para ir.

Por isso foi obrigada a fingir que não havia percebido as intenções de Naomi.

Mesmo tendo que passar por um parto na condição de hipertensa, a probabilidade de morrer era baixa. Yuki talvez achasse que iria sobreviver, que talvez afinal não morresse. Mas se, por acaso, o plano de Naomi fosse bem-sucedido, ela decidira deixar aqueles desenhos. Escondeu neles uma mensagem cifrada, que não tinha como saber quando Takeshi desvendaria — talvez nunca.

O enigma foi revelado três anos após sua morte.

Um dia, o filho finalmente compreendeu o significado daquelas imagens.

Ao ler o que Takeshi escrevera, Naomi conseguia compreender a agonia dele.

*Não posso te perdoar.* Era natural — ele havia sido furtado da esposa que tanto amava.

*Mesmo assim, vou continuar te amando.* A despeito de tudo, Takeshi não conseguia odiar a mãe. Isso revelava o quanto Naomi havia sido, para ele, toda a sua existência.

Sem conseguir conciliar esses sentimentos dolorosos, ele tirara a própria vida.

Pela primeira vez Naomi se deu conta do erro em sua educação.

Embora amasse o filho acima de qualquer um, embora tivesse dedicado toda sua vida a ele, sua obstinação acabou prejudicando a autonomia de Takeshi. Emocionalmente, ele permaneceu ligado a ela pelo cordão umbilical até o fim. Mesmo depois de crescido, Takeshi continuou sendo uma parte de Naomi. Por isso, por mais que desprezasse suas ações, ele não conseguia odiá-la. Não conseguia se libertar dela.

— Me desculpa, Take... — balbuciava Naomi sem parar em frente ao altar budista em memória do filho.

Mas as lágrimas não vinham.

Quando confrontadas com uma tristeza profunda demais, as pessoas perdem até as forças para derramar lágrimas.

ISAMU KUMAI

Kumai já não sentia quase nenhuma dor ao tocar as bandagens que cobriam seu ferimento. Ele ficou surpreso com a própria capacidade de recuperação.

Mas, se por um lado a ferida melhorava, por outro, seu corpo ia se deteriorando a cada minuto.

Três semanas antes, ele ouvira:

— Me custa dizer isso, sr. Kumai, mas... o senhor teve uma reincidência — lamentou seu velho médico enquanto fazia o check-up. — O câncer de esôfago está no estágio II. Temos tempo para proceder com uma cirurgia, mas a chance de sobrevida de cinco anos é de cinquenta por cento.

No caminho para casa, Kumai refletiu sobre a vida que levara até então.

Quando jovem, fizera seu trabalho de jornalista com bastante audácia. Naquele tempo, orgulhava-se muito do que fazia. Acreditava que aquilo tinha uma importância social. Porém, agora, duvidava do Kumai do passado.

*Será que fui mesmo útil para a sociedade? Por mais que um repórter faça investigações, quem captura criminosos é a polícia. O jornalista fica na cola da*

*polícia e não pode fazer nada além de vender as informações vazadas às massas...
Nesses vinte e tantos anos, será que meu trabalho não foi só satisfazer a curiosidade
mórbida de um bando de fofoqueiros?*

Ele se lembrou daquele jovem.

*Iwata conseguiu fazer algo de muito mais valor. Conseguiu chegar à verdade
muito antes da polícia. Mesmo à beira da morte, depois de ser atacado pela criminosa, tentou deixar uma pista. Os meus vinte anos de carreira ou as poucas semanas
dele... o que valeu mais?*

Era frustrante.

Ele não podia morrer sem antes superar Iwata.

E a única maneira de fazer isso era pegar Naomi.


Naquele dia, Kumai se dirigiu à delegacia da província L para encontrar com um
homem: Keizō Kurata.

Nos tempos de jornalista, era o detetive com quem se dava melhor. Eles tinham idades semelhantes e vinham de cidades próximas, e para além da relação
entre repórter e policial, os dois já haviam passado muitas noites bebendo juntos.
Kurata se alegrou com o reencontro depois de tanto tempo.

— Ei, Kumai! Faz uma eternidade que eu não te vejo. Você tá bem?

— Bom, naquelas... Você parece ótimo, Kura.

— E tô mesmo! Meu neto acabou de nascer. Agora não posso bater as botas
até ver ele casado, hahaha!

— Eita, parabéns! Espero que você tenha uma vida longa.

— Valeu. Mas e aí... por que você me chamou aqui hoje do nada?

— Então, eu queria te consultar. Seria possível retomar as investigações de
um caso ocorrido em 1992 e outro em 1995?

— De que meses?

— Ambos de setembro.

— O de 92 já prescreveu... Mas, graças à mudança da lei, o de setembro de
95 ainda vale. Só que vai ser muito difícil reabrir um caso antigo desses, especialmente quando o pessoal do departamento de investigação não é mais o mesmo e
não tem nenhuma evidência nova.

— Não tá dentro da sua jurisdição?

— Um sargento de polícia como eu não tem poder pra isso, não.

— Mas eu tenho uma pista. E se usarmos as tecnologias de hoje... talvez
surjam provas.

— Infelizmente, "talvez" não adianta pra movimentar a instituição.

— E se... o suspeito for apreendido?

— Como assim?

— Por exemplo, digamos que um criminoso me esfaqueou. *Por coincidência*, você estava passando pela cena do crime e prendeu ele em flagrante por crime de lesão corporal. Por conta disso, você precisa desencavar o passado dele, já que há a possibilidade de ter cometido outros crimes antes.

— Sei, uma prisão por outra acusação... É claro que a gente averiguaria os outros crimes. Só que, pra isso, em primeiro lugar você teria que tomar uma facada, né, Kuma?

— Mas é claro. Por isso preciso instigar a criminosa a me esfaquear.

— "Instigar a criminosa"... Você sabe quem é, então?

— Sei. Não tenho como comprovar, mas não há dúvidas. Por isso vou te pedir esse favor, Kura. Vem comigo até a cena do crime e vamos prender essa mulher.

— Peraí, se acalma.

— Eu tô calmo. Só digo isso porque tô calmo. Quero pegar ela a qualquer custo. É uma adversária predestinada...

— E mesmo assim você vai se expor a um perigo desses? Um passo em falso e você pode acabar morto.

— Isso pouco me importa. Na verdade... eu tô com câncer.

— Quê?

— Disseram que existe cinquenta por cento de chance de eu conseguir viver mais uns cinco anos, mesmo fazendo cirurgia. Supondo que eu consiga estender meu tempo, ainda serão anos bem solitários. Eu não tenho esposa nem filhos. Netos também não, obviamente... Por favor, Kura. Colabora comigo, me ajuda a capturar essa mulher. Me ajuda a morrer como um homem de valor.

— Bem... você consegue esperar um pouco pela minha resposta?

Depois de alguns dias, Kumai recebeu um telefonema do detetive.

Ele havia decidido atender ao pedido. Mas com uma condição.

— Você vai usar um colete protetor. Eu te proíbo de morrer! Prometa.


No dia 20 de abril de 2015, Kumai se hospedou num hotel de Tóquio.

Por volta das cinco da tarde, vestiu um casaco cinza e saiu. Se escondeu em uma loja de conveniência de uma área residencial.

Cerca de meia hora depois, viu uma mãe e um filho passarem em frente à loja. Kumai olhou para o rosto da mãe para se certificar. Não havia dúvidas — era Naomi Konno. Ele foi atrás dos dois, e não demorou muito para que Naomi o olhasse por cima do ombro.

*Ela é esperta...*

Ele sabia que se tratava da astúcia de uma pessoa que havia vinte anos temia a atenção da polícia.

O plano de Kumai era justamente provocar esse medo em Naomi.

Bastava que ela se convencesse de que ela e a criança estavam sendo caçados por alguém. Se acreditasse que a criança corria perigo, com certeza mostraria as suas garras. Talvez fosse até capaz de matar.

No dia 22, ele parou o carro preto alugado em frente à loja de conveniência e esperou que Naomi e a criança aparecessem. Naquele momento, aconteceu algo que deixou seu coração dividido.

Quando a mulher e o menino saíram da loja e atravessaram a rua, Kumai viu o perfil de Naomi iluminado pela luz do entardecer. A juventude falsa proporcionada pela maquiagem que envernizava seu rosto. No entanto, sua expressão estava repleta de ternura. Era o rosto de uma mãe protegendo seu filho pequeno.

Kumai reprimiu a própria hesitação e pisou no acelerador.

*As pessoas que você matou também tinham uma família...*

No quarto dia de perseguição, Kumai viu Naomi assustada como nunca antes. Ela agarrou o menino pela mão e correu para entrar no prédio onde moravam. A fim de provocar ainda mais terror nela, seguiu-os até o sexto andar. Ao ver Naomi trêmula abrindo a porta e correndo para dentro do apartamento, ele teve certeza de que aquela era sua chance.

Ligou para Kurata em seguida.

— Vou seguir com o plano amanhã à noite.


No final da tarde seguinte, Kumai se demorou mais do que o normal na banheira do hotel, tomou um café e se enrolou em seu casaco.

Não vestiu o colete. Quanto mais profundo o ferimento, mais grave seria o crime de Naomi. Se ele morresse, ainda melhor.

*É até uma ironia eu já ir vestido de cinza — justo a cor das vestes fúnebres.*

Ele riu sozinho.

Naquela noite, encontrou-se com Kurata diante do prédio e os dois subiram juntos até o sexto andar.

Enquanto Kurata esperava sua deixa num canto do corredor, Kumai tocou a campainha do apartamento da família Konno. Pouco tempo depois, ouviu uma pessoa do outro lado da porta.

— Pois não, já vou! — Sua voz tinha uma animação fingida.

## TOMIKO HAGIO

*Presa por esfaquear um homem no dia 24 de abril, Naomi Konno está agora sob investigação pela possível ligação com outros casos de homicídio. A suspeita...*

Tomiko Hagio largou o jornal sobre a mesa e tomou um gole da garrafa de chá preto para tentar se acalmar. O suor encharcava sua blusa embaixo dos braços.

— Naomi... Por quê...?

Hagio abriu o armário do escritório. Guardava ali uma série de arquivos com registros clínicos dos seus anos de psicóloga. Achou o desenho que queria depois de algumas horas de busca.

Era o desenho de Naomi Konno — a menina que havia sido presa após matar a mãe décadas atrás.

Em um outro momento, Hagio concluíra a partir do desenho que havia uma chance de reabilitação para a menina.

Os galhos afiados da árvore simbolizavam os impulsos de resistência e ataque de Naomi. Contudo, ao mesmo tempo, ela havia desenhado um passarinho delicado no oco do tronco. Hagio se concentrara nesse elemento.

*Isso demonstra um sentimento terno, de querer proteger seres mais frágeis. O contato constante com animais deve nutrir esse instinto maternal, o que gradualmente enfraquecerá seus impulsos de hostilidade.*

Esse era o diagnóstico que Hagio fizera.

Porém... ao encarar o desenho agora, uma interpretação diferente lhe vinha à mente.

E se ela tivesse relacionado as imagens da forma errada?

Talvez, para Naomi, os galhos *precisassem* ser afiados para proteger o passarinho.

A personalidade de alguém capaz de ferir quantos adversários julgasse necessário para proteger seres frágeis. Talvez a árvore representasse exatamente aquela Naomi Konno assassina de sangue-frio.

Hagio começou a tremer. Envergonhou-se de como havia sido ingênua quando jovem.

Se pedisse que Naomi fizesse o mesmo desenho hoje, como será que ela o faria? Como seriam os galhos da árvore que ela tinha dentro de si agora?

## ISAMU KUMAI

— Tudo certinho! Já fechou completamente. Não vai nem mais precisar do curativo, viu? Amanhã você já vai poder sair do hospital.

A enfermeira foi embora a passos leves deixando sua voz anasalada para trás.

*Hora de me despedir desse teto branco...*

Kumai se sentiu um pouco solitário ao pensar nisso.

Nesse instante, através da cortina que os separava, uma voz veio do leito vizinho:

— Sr. Kumai, já vai ganhar alta? Parabéns!

O dono da voz era aquele jovem que fora internado dias antes com a perna quebrada. Apesar de não gostar de falar de si, Kumai fora conquistado pelo jeito inteligente como o vizinho se expressava e acabou compartilhando várias coisas com ele — contou que trabalhara como repórter em um jornal e que tinha um câncer de esôfago em estágio II, por exemplo.

— Pois é, muito obrigado.

— Mas que dureza, né? O senhor vai sair do hospital e já vai ter que voltar para fazer a cirurgia...

— Ah, eu não vou fazer a cirurgia.

— Como assim? Por que não? O seu câncer ainda não está em estágio terminal, está?

— Eu já tenho sessenta e cinco anos. Mesmo se estender um pouquinho meu tempo, tudo o que me aguarda é uma vida vazia. Não te falei antes? Eu não tenho família. Depois disso vou ficar sem nenhuma companhia, sem nada de divertido pra fazer.

— Mesmo sozinho dá pra se divertir bastante! Dá pra ir mergulhar, escalar, várias coisas.

— Ei, não diga bobagem...

— Além disso, acho que o senhor ainda vai ter um monte de coisa pra fazer, sim.

— Do que você tá falando?

— De dar uma força pra tomar conta do Yūta, o neto da Naomi Konno, que você ajudou a prender.

O coração de Kumai pulou. Ele não comentara nada sobre *esse* assunto com o rapaz.

— Ei! Como é que você sabe dessas coisas?

— Vi as notícias, ué. "Graças à dedicação do jornalista Isamu Kumai, polícia captura suspeita de crimes não solucionados." Quando fui internado aqui, levei um susto quando vi seu nome na placa de identificação do quarto. Pensei o quanto era incrível acabar sendo vizinho de leito de alguém como o senhor.

— Se você sabia, devia ter falado antes...

De fato, noticiários de todo o país tinham feito uma ampla cobertura da situação naqueles dias. Era natural que o colega de quarto ficasse sabendo.

— Mas que bom que conseguiram pegar a Naomi Konno, né? Agora o Iwata e o Toyokawa vão poder descansar em paz.

— Que história é essa?

Aquilo sim era estranho.

A polícia ainda não tinha divulgado aquelas informações. Uma pessoa comum não deveria saber de Iwata e Toyokawa.

— Você por acaso tem ligação com a polícia? Ou é jornalista?

— Não e não.

— Então como sabe sobre Iwata e Toyokawa?

— Investiguei sozinho, ué. Dá para pesquisar tudo pela internet... O marido da Naomi, Yoshiharu Miura, foi morto em 1992. O assassino matou Shunsuke Iwata da mesma forma três anos depois. Na época, pensaram que tinha sido Nobuo Toyokawa. E agora prenderam uma das principais suspeitas do primeiro assassinato e ainda falaram em possíveis crimes do passado... Ficou na cara que a Naomi também está envolvida nos outros casos.

— Bom, até pode ser, mas...

— Também vi os desenhos que Miura e Iwata fizeram antes de morrer. Parecem ter sido feitos sem que eles enxergassem as próprias mãos, né? Fiquei pensando em que circunstâncias desenharam aquilo. Mas sabendo que os sacos de dormir foram roubados da cena do crime fica fácil de desvendar: eles foram atacados enquanto dormiam.

— Garoto... quem é você, afinal?

— Sou só um estudante.

— Mas como um estudante sabe tantos detalhes a respeito desses casos?

— Na verdade, ano passado encontrei um blog muito estranho. Fiquei obcecado, gastei horas e horas nesse último ano tentando descobrir o que tinha realmente acontecido. Daí, para minha surpresa, acabei achando uma ligação entre ele e esse caso. Você sabia, sr. Kumai? Que o filho da Naomi Konno tinha um blog?

— Não... não sabia.

— Então talvez eu possa presentear o senhor com um furo jornalístico. Acho que esse blog revela outro crime da Naomi. É provável que ela seja a culpada pela morte da nora.

Kumai ficou sem palavras.

Yuki Konno, a nora de Naomi, havia morrido em 2009. O que o rapaz estava dizendo não parecia tão absurdo.

— Já sei! Vamos fazer um acordo, sr. Kumai?

— Que acordo?

— Vou dizer o nome do blog para o senhor, mas preciso de um favor em troca.

— Favor...? Do que se trata?

— Quero que o senhor faça a sua cirurgia.

— Mas... o que você ganha com isso?

— É menos por mim e mais por Yūta Konno. Já disse antes, mas gostaria que o menino tivesse alguém para cuidar dele até ele crescer. Podem ter prendido a assassina, mas não acho que isso encerra o caso. A primeira coisa a fazer para compensar o que ocorreu é dar uma vida feliz a Yūta, que não tem parentes para apoiá-lo.

Kumai também se preocupava com o destino do menino. Desde a prisão de Naomi, ele estava vivendo num abrigo para crianças. Devia se sentir sozinho lá. E não estaria passando por essa situação se Kumai não tivesse encurralado Naomi. Embora não se arrependesse, ele sentia certa culpa em relação à criança.

— Bom, já sabia mesmo que precisava fazer alguma coisa pra ajudar ele...

— Assim todo mundo sai ganhando, não é? Podemos fechar o acordo?

— Bem... Eu topo. Vou fazer a cirurgia.

— Fico feliz!

— Então me conta: qual é o título do tal blog?

— É "Shin Okekonta: Diário da Mente".

— Como assim? O filho da Naomi se chamava Takeshi Konno, não tem nada a ver com isso.

— Era um pseudônimo. E também um anagrama. Se você separar as letras do nome do autor do blog no alfabeto latino, vai ver que são as mesmas do nome de Takeshi.

SHINOKEKONTA
TAKESHIKONNO

— Você também conseguiu desvendar isso... Incrível.

— Muito obrigado. Eu cumpri a minha promessa, então agora é sua vez, sr. Kumai. Quando receber alta, vá fazer a sua cirurgia, viu?

— Pode deixar, sou um homem de palavra. Mas, me diz uma coisa: por que você se envolveu tanto com esse caso? Pra ter curiosidade a ponto de ir atrás disso tudo... Desculpa dizer desse jeito, mas foi só pela fofoca?

— Um veterano do clube que eu participo na universidade me pediu para avisá-lo se eu descobrisse a verdade por trás dessa página. Ele já se formou, mas, quando encontrá-lo novamente, quero cumprir com a minha promessa. Então preciso resolver todos os pontos do caso. Acho que eu não conseguiria sossegar se não cumprisse o combinado, sabe?


JUNHO DE 2015 — UM CERTO DIA ENSOLARADO

O corpulento pai de Miu Yonezawa estava no jardim de casa desde a manhã, andando de um lado para outro encharcado de suor e mexendo no carvão. Assava peixes, legumes e carne sobre a grelha quente. Miu cobria de molho os pedaços de carne que tanto adorava, depois enchia a boca, saboreando-os com gosto.

— Miu, come umas verdurinhas também...

— Tá booom... — respondeu ela, mas logo em seguida pegou outro pedaço de carne.

A mãe de Miu, sentada a alguma distância, os observava com carinho.

Na verdade, eles tinham convidado a família Konno para aquele churrasco. Mas então aconteceu tudo aquilo... Desde que Naomi tinha sido presa, Yūta estava morando no abrigo para crianças. Devia se sentir sozinho. Apreensivo. Pensando em animá-lo de alguma forma, decidiram recebê-lo mesmo assim. Não demoraria a chegar.

Miu gritou:

— Olha! O Yūta chegou!

Ele estava diante do portão. Um homem mais velho o acompanhava. Chamava-se Kumai, e havia se voluntariado para tomar conta de Yūta. Eles não sabiam qual era a relação entre os dois, mas Kumai planejava adotar o menino.

Yonezawa correu até lá para recebê-los.

— Como vai, Yūta? Seja bem-vindo!

Yūta fez uma pequena reverência com a cabeça.

— Muito obrigado por trazê-lo, sr. Kumai. Não gostaria de ficar e comer conosco?

— É muita gentileza, mas vou ter que recusar... Acabei de passar por uma cirurgia, não posso comer muito.

— Ah, é? Que pena...

— Vou ficar aqui por perto, então é só me ligar quando terminarem. Não precisam se apressar, aproveitem bem a comida!

Após se despedir, Kumai botou uma mão no bolso e saiu caminhando.



Yūta se aproximou com seu prato de papel, mas não tentou pegar nada da grelha. Talvez estivesse nervoso. Yonezawa lhe perguntou da forma mais animada possível:

— De que carne você gosta mais, Yūta? Temos uns bifões, carne em fatias fininhas e até com osso. É só dizer o que você prefere que eu ponho pra assar!

O menino hesitava em falar, encabulado. Foi aí que Miu se intrometeu:

— Papai, o Yūta não gosta muito de churrasco, viu?

— Quê?! Ih, então eu já dei bola fora... Desculpa, Yūta, acho que não deve ter nada que você goste aqui...

— Ele gosta bastante de yakissoba! Né, Yūta?

O menino assentiu com a cabeça, envergonhado.

— Certo! Então vamos fazer um yakissoba pra você!

O pai de Miu tirou a grelha e colocou uma chapa de metal sobre o fogo da churrasqueira. Cortou o repolho com as mãos e começou a refogá-lo com o macarrão.

Miu e Yūta ficaram vidrados nele, cheios de expectativa.

Yonezawa sabia como era. As crianças são mais sensíveis que os adultos à tristeza e à incerteza. E, da mesma forma que os mais velhos, fazem um grande esforço para que ninguém à sua volta perceba. Tanto Miu quanto Yūta estavam suportando uma grande pressão por trás de seus sorrisos. Por isso mesmo, Yonezawa queria transmitir algo aos dois: que há sofrimento na vida, mas também existem encontros prazerosos e momentos felizes. Num tom alegre, ele disse:

— Muito bem, muito bem! Yūta, Miu, esperem só. Vou fazer o yakissoba mais gostoso do mundo pra vocês!

1ª EDIÇÃO [2025] 3 reimpressões

ESTA OBRA FOI COMPOSTA PELA ABREU'S SYSTEM EM CAPITOLINA REGULAR E IMPRESSA EM OFSETE PELA LIS GRÁFICA SOBRE PAPEL PÓLEN BOLD DA SUZANO S.A. PARA A EDITORA SCHWARCZ EM AGOSTO DE 2025

A marca FSC® é a garantia de que a madeira utilizada na fabricação do papel deste livro provém de florestas que foram gerenciadas de maneira ambientalmente correta, socialmente justa e economicamente viável, além de outras fontes de origem controlada.